KB126494

맛김 현대 판타지 장편소설
WISHBOOKS MODERN FANTASY STORY

책 먹는
배우님

책 먹는 배우님 2

맛김 현대 판타지 장편소설

초판 1쇄 찍은 날 | 2018년 12월 3일
초판 1쇄 펴낸 날 | 2018년 12월 10일

지은이 | 맛김
펴낸이 | 예경원

기획 | 위시북스
편집책임 | 이규재
편집 | 위시북스

펴낸곳 | 예원북스
등록번호 | 제396-2012-000132호
등록일자 | 2012. 7. 25
KFN | 제1-340호

주소 | 경기도 고양시 일산동구 호수로 646-24 위너스21II빌딩 206A호 (우)10401
전화 | 031-819-9431 팩스 | 031-817-9432
E-mail | yewonbooks@naver.com

©맛김, 2018

ISBN 979-11-89701-16-1 04810
        979-11-89701-14-7 (set)

※ 파본은 구입하신 서점에서 교환하여 드립니다.
※ 저자와 협의하여 인지를 붙이지 않습니다.
※ 이 책은 예원북스와 저작자의 계약에 의해 출판된 것이므로 무단 전재 및 유포, 공유를
    금합니다.
※ 이 도서의 국립중앙도서관 출판시도서목록(CIP)은 서지정보유통지원시스템 홈페이지
    (http://seoji.go.kr)와 국가자료공동목록시스템(http://www.nl.go.kr/kolisnet)에서
    이용하실 수 있습니다.

맛김 현대 판타지 장편소설

WISHBOOKS MODERN FANTASY STORY

책 먹는 배우님

Wish
Books

책 먹는
배우님

CONTENTS

··· 1장 ···

어서 와,
영화는 처음이지? (2)

조승희의 개인 연락처가 내 휴대폰에 들어왔다는 사실은 공공연한 비밀도 아니다.

회식자리가 끝날 무렵, 오직 내 연락처만 물어봤으니까.

"그렇다니까! 재희 바라보는 조승희 눈에서 완전 하트가 나왔다니까?"

재익이 형이 회사 안에서 소문을 퍼뜨린 것도 쉽게 예상된다.

조승희×도재희.

L&K 직원들이라면 환장할 소식이다.

"조승희 라인이라고? 그거 실제로 존재하는 거였어?"

"존재하지 그럼. 곽철, 유아름, 주태호, 조승희. 다 같이 모여 있는 거 파파라치한테 찍힌 사진도 있는데. 인터넷에 치면 다 나와."

"와, 대박이네? 그럼 이제 재희 작품 걱정은 안 해도 되는 거 아냐?"

투자자를 물어오는 조승희가 어지간한 배역은 물어다 줄 것이라는 설레발.

"이야, 역시! 인생은 한방이야. 그치?"

"이거 오히려 우리 쪽에서 기사로 흘리는 거 어때? 조승희면 가십거리로 입소문 타기 딱 좋지 않아?"

조승희의 눈에 띄었으니, 배우 인생이 폈다는 호들갑들과 단편적인 관심들이 나를 불편하게 했다.

물론, 나를 향하는 시선이 예전과 달라졌다는 것과는 별개의 문제다.

사무실에 있던 송문교와 눈이 마주쳤다. 최근 작품이 들어오지 않아 방송국에 얼굴도장을 찍는 중이라고 했다.

생각하지도 못한 '조승희'라는 이름이 내 이름과 함께 들려오자 놀랍다는 눈빛, 그리고 짧은 순간 스쳐 지나간 '질투심'을 감추려고 애쓰는 불편한 표정이었다. 하지만 그다지 실감 나게 다가오지는 않았다.

아직 내 이름 앞에 붙은 '조승희'라는 권력이 온전한 '내 것'이 아니었으니까.

결국, 진짜 권력을 쟁취하는 것은 카메라 앞에서 슛 사인이 떨어진 다음의 일이다. 〈피서〉라는 뚜껑이 열려야 진짜 내 '힘'

이 생긴다.

나는 그 날까지는 최대한 고개를 숙이기로 했다.

하지만, 그 날이 길지 않으리라는 것도 확신한다.

영화 촬영과 드라마 촬영의 차이는 뭐랄까, 더치 커피와 믹스 커피 정도의 차이다.

〈피서〉 크랭크업 첫 촬영이 있는 날, 재익이 형에게 스케줄 표를 받아 든 나는 너무 놀라 눈을 비볐다.

"이게 전부예요?"

"응."

고작 2신, 드라마 촬영 때 하루에 15개에서 20개의 신을 소화했던 것과 비교하면, 고작 두 신은 너무나 간단해 보이는 촬영이다.

"적지? 그래도 더 못 찍어. 그거 찍고 나면 하루 끝날걸?"

그래, 영화니까.

'연출이 풀샷 찍어주세요'라고 말하면 8할 이상은 촬영 감독이 구도를 잡던 드라마와는 달리 영화는 연출과 촬영 감독 모두, 한 컷을 어떻게 효과적으로 보여줄지 의견의 합의점을 찾는다. 그 의견이 합의점을 찾지 못하면, 편집 때 골라내기 위해 두 버전 모두 촬영한다.

배우가 마음에 안 들어도 다시, 감독이 마음에 안 들어도 다시. 끝없는 다시, 다시, 다시!

반복되는 재촬영에 지칠 때쯤, 오케이 사인이 떨어지고 다음 장면으로 넘어가게 된다.

"오늘 떼 신(4인 이상이 나오는 복잡한 장면)이라 딸 것도 많고, 아마 밤새야 할 거다."

오늘 찍을 장면은 인천항 부두에서 '피셔'를 기다리는 '피셔 일당'들과 '사부'의 장면. 오프닝 타이틀이 올라가기 전, 관객의 육감을 자극하는 프롤로그 부분이라 더욱 신경 써서 촬영에 들어가지 않을까 싶었다.

저녁 여섯시 콜 타임에 맞춰 인천 동구의 화수부두를 찾았다.

낮에는 옛 시골 부둣가의 정겨움이 남아 있는 따뜻한 시골 길이었지만, 어둠이 깔리니 분위기가 스산해진다. 가로등도 없고, 불빛도 없다. 일렁이는 검은 바다와 잿빛 아스팔트 바닥이 전부다.

분위기는 딱 좋았지만, 지문에 있던 '컨테이너'는 눈 씻고 찾아봐도 보이질 않는다.

나는 회식 때 얼굴을 익힌 조연출에게 다가가 물었다.

"안녕하세요."

"아! 망고. 오셨어요?"

"네. 그런데 컨테이너가 없네요?"

"후후. 곧 생깁니다."

알쏭달쏭한 말이다. 하지만 그 의미를 알아차리는 데에는 오랜 시간이 걸리지 않았다.

애초에 없는 것을 찾은 것이다. 사다리차가 동원될 수 있는 여유 있는 공간을 섭외해 라이트 세팅을 원활하게 한 뒤, 십수 대의 화물 트럭에 컨테이너를 싣고 와 설치를 시작한 것이다. 거기다 CG를 위해 준비된 크로마용 가베 천은 부두 바닥 전체를 덮을 만큼 엄청난 양이었다. 드라마와는 비교가 안 되는 엄청난 스케일이었다.

"대단하네요. 정말."

무에서 유를 창조한다는 영화 세트를 위해 수십 명의 스텝들이 한마음 한뜻으로 빠르게 움직이고 있다.

잘해야겠다는 생각이 본능적으로 든다.

"오빠, 의상 입으실게요!"

차에서 영미 씨가 골라준 의상으로 옷을 갈아입었다. 자주색 정장에 갈색 로퍼. 머리는 포마드로 말아 올려 날티를 더욱 강조했다.

발걸음부터 망고의 '양'스러움이 묻어나는 듯했지만, 현장으로 걸어가는 길에 임명한 선생님과 마주치자 나는 곧바로 고개를 숙였다.

"선생님, 안녕하십니까."

"어어, 재희 군."

내가 꾸벅 인사를 건네자, 임명한 선생님은 환하게 웃으며 반겨주셨다.

선생님은 일렁이는 검은 바다를 보고 계셨다.

나는 그 옆으로 다가가 물었다.

"선생님, 추운데 안에서 기다리시지, 왜 나와 계십니까?"

그러자 임명한 선생님은 당연하다는 얼굴로 말씀하셨다.

"이것도 세트의 일부니까, 이렇게 밖에 나와서 열심히 일하는 스텝들이랑 같이 호흡하는 거지. 혼자 쉴 수는 없지 않나?"

"아……."

배우도 세트의 일부.

멋지다는 생각이 들었다. 내 얼굴이 조금 진지해지자, 임명한 선생님은 너털웃음을 터뜨리셨다.

"음흐흐. 아냐, 아냐. 농담이야. 나 혼자 쉬기 눈치 보여서 나왔지 뭘."

뭐가 진심일까. 아무리 생각해봐도 앞의 말이 진심처럼 느껴지는데.

천만 감독도 한 수 접고 가는 데뷔 30년이 넘은 원로배우에게, 누가 감히 눈치를 주겠는가. 진지한 분위기를 일부러 피하시는 느낌이다.

그때, 임명한 선생님이 물었다.

"자네, 배우 오래하고 싶지?"

"네. 선생님."

"차를 멀리해. 그럼 오래가."

"……."

아무래도 후자가 진심인 모양이다.

"흐흐흐, 가지."

하지만 그게 뭐가 중요하겠는가. 농담 삼아 던진 한마디에 내가 무엇인가 느꼈다는 것이 중요하지. 짧지만, 그 어떤 미사여구로 포장된 말보다 더 강렬한 수업이었다.

차를 멀리해라!

결국 잘난 배우 하나가 작품의 전부가 아니라는 말이다. 밖에서 이렇게 고생하고 있는 스텝들이 없다면, 추위에 고생하고 있는 이들이 없다면, 배우도 없다는 말.

나는 임명한 선생님을 따라 걸었다.

불어오는 바람 속에 숨어 있는 바다 냄새가 코를 어지럽힌다. 현장에 가까이 다가갈수록, 컨테이너를 내리는 덜컹거리는 소음, 연출부의 외침 소리. 촬영팀의 장비 정리하는 소리들이 들려온다.

그 소음들이 한데 모여 나를 강하게 잡아당기고 있다. 그리고 말하고 있다.

'어서 와.'
'영화는 처음이지?'

영화 현장에는 보통 감독의 베이스 캠프 옆에 '현장 편집팀'
이 따로 설치된다.

찍은 데이터를 바로 편집팀으로 보내 백업을 한 후, 필요 없
는 장면을 잘라낸 뒤, 앞에 찍었던 컷과 붙여본다. 그리고 감
독과 배우들이 한데 모여 이를 확인한다.

"어땠어?"

"저는 좋았어요."

"흐음, 살짝 시선이 튀지 않았어?"

"괜찮아 보이는데요?"

"아냐, 혹시 모르니까 다시 한번만 더 가고."

이게 영화가 오래 걸리는 이유, 정말이지 무한 반복이다.

하지만 조승희는 으레 있는 일인 듯, 어깨를 붕붕 돌리며 힘
차게 외쳤다.

"자, 다시 갑시다. 다시!"

이 상황 자체가 재밌는 모양이다. 내가 옆에서 웃음을 터뜨
리자 조승희가 물었다.

"왜 웃어?"

"아, 기분 좋아 보이셔서요."

"응, 촬영장 재밌잖아? 세상에 이렇게 재밌는 곳이 어디 있어?"

"네. 맞습니다."

확실히 조승희는 인간적으로 괜찮은 사람이다. 또 이렇게 옆에서 직접 눈으로 보며 많이 배운다. 어떻게 하면 롱런하는 배우가 되는지 조금은 알 수 있을 것 같은 기분이 든다.

그런 조승희에게 한만희 감독님이 농담을 던졌다.

"승희 씨. 집에 늦게 들어가고 싶어서 일부러 그러는 거 아니지?"

"예? 그게 무슨 말씀이십니까?"

"일찍 들어가면 애 봐야 한다고, 늦게 보내달라며?"

한만희 감독님의 농담에 현장이 웃음바다로 변했다.

조승희도 화를 내기는커녕 순순히 고개를 끄덕이며 인정했다.

"어우, 육아가 더 힘들어요. 촬영이 백만 배는 쉽다니까요."

"큭큭. 나도 그 기분 잘 알지. 집에서 시나리오 붙잡고 있으면, 노는 줄 안다니까? 애나 보라면서."

"그런 의미에서, 자! 오늘은 밤새도록 찍읍시다!"

"승희 씨, 제발 그것만은!"

분위기가 좋다. 드라마처럼 쫓아오는 사람이 없어서일까, 아니면 현장 분위기를 좌지우지하는 주연의 그릇이 달라서일까.

〈청춘 열차〉 때와는 분위기 자체가 다르다.

"자, 갑시다. 준비!"

"갈게요!"

"오디오."

"스피드!"

"카메라!"

"롤!"

"1-1-7!"

딱!

슬레이트를 친 연출부가 사라지자마자, 한만희 감독이 신나게 외쳤다.

"액션!"

조승희의 움직임에 맞춰, 달리(이동차)가 출발하며 조승희의 움직임을 쫓는다. 발끝에서부터 시작한 프레임이 틸업(앵글이 위로 향함)되며 어느새 조승희의 옆모습, 턱 끝에서 잠시 멈췄다가, 조승희의 시선에 따라 앵글이 돌아가더니 공간이 점점 확장된다.

어느새 풀 샷만큼 넓어진 공간에 서 있는 나와 배명우 그리고 임명한 선생님.

'피서 일당'이 처음 만나는 풀 샷, 그리고 조승희의 대사가 이어졌다.

"언제 도착했어?"

"아, 지금 막. 사부는 계속 기다리고 있던 거야?"

"오케이!"

"오케이입니다!"

오케이 사인이 떨어지자마자 스타일리스트들이 달려와 임명한 선생님, 조승희, 배우들에게 두꺼운 롱패딩과 따뜻한 커피를 건네주었다.

"오빠, 춥죠?"

영미 씨도 물론 그 대열에 끼어 있다.

"으으, 엄청요."

두꺼운 롱패딩을 입고 모니터 앞에 모여들었다. 패딩 주머니에는 뜨끈한 핫팩도 들어 있었다.

영미 씨, 센스가 좋단 말이야.

나는 핫팩을 꽉 쥐고, 손에 입김을 불어 넣으며 영상을 확인했다.

괜찮은 거 같은데.

조승희의 표정도 좋다. 조승희가 입꼬리를 올리며 고개를 끄덕였다.

"이번에는 괜찮은데요?"

"자 박수! 드디어 우리 조 감독님이 오케이라고 하십니다!"

"하하하!"

"이제 바스트 딸게요."

다음, 이어진 바스트 촬영.

배명우가 옆에서 바람을 넣었다.

"벌써부터 슬슬 겁나는데?"

"왜요?"

"승희 씨. 또 병 도질 테니까."

대사가 쓰이는 장면이라, 풀 샷보다 훨씬 정확한 연기력이 요구된다. '연기 결벽증'으로 소문이 자자한 조승희의 눈빛도 미세하게 달라졌다.

아니나 다를까.

"음. 다시 한번만 더 할까요?"

감독의 오케이 사인이 떨어졌음에도 본인 연기가 만족스럽지 못해 두 번이나 추가 촬영을 요구했다.

"죄송합니다. 한 번만 더 가시죠."

그리고 이 결벽증은 임명한 선생님을 제외한 다른 조연 배우들 역시 피해갈 수 없었다.

"감독님, 어때요?"

"음, 승희 씨 생각은 어때?"

"다시 한번 가면 어떨까요? 명우 씨 대사가 너무 늘어진 것 같은데…… 조금만 더 피치를 올려서 해보면 어때요?"

저놈의 연기 결벽증. 정말 집에 가기 싫어서 환장한 것처럼,

완벽한 컷을 요구한다. 배우도, 스텝들도 지칠 법도 하지만 조승희는 누구보다 쌩쌩한 얼굴이었다.

결국, 배명우는 네 번만에 오케이를 받아내었다.

"승희 씨, 애 보는 거 진짜로 싫어하나 보네."

이거 정말 늦어지고 있다. 이러다 해 뜬다고요.

하지만 재익이 형은 옆에서 이해한다는 투로 고개를 끄덕였다.

"주연이라 그래. 영화 망하면 그 덤터기는 감독이랑 주연이 다 뒤집어쓰니까. 어떻게든 조금이라도 더 좋은 작품 만들려는 욕심인 거지."

필모그래피에 추가되는 '내 작품.'

주연배우가 느끼는 '작품'에 대한 욕심과 부담감을 알지 못하는 나는, 내 차례가 되면 어떻게든 원 오케이를 받아 내리라 다짐했다.

그리고 내 차례가 왔다. 계속되는 NG에 부담감을 느낀 조연들이 조금 기진맥진한 순간에 등장한 마지막 바스트 컷.

"자, 갑시다!"

만루에 타석에 들어선 주자의 심정으로 앵글 뒤로 한 걸음 물러났다.

드라마 현장에서 본 적 없는 거대한 카메라가 내 쪽을 주시했고.

"액션!"

큐 사인이 떨어지자 나는 앵글 안으로 들어서며.

"아이, 대장. 지금이 대체 몇 신데 이제 오는 거야?"

당당하게 배트를 휘둘렀다.

눈빛은 강렬하게, 하지만 망고가 가진 특유의 양스러움과 여유로움을 잃지 않는 선에서 조금은 장난스럽게 툭, 던지듯.

"기다리느라 지겨워 죽는 줄 알았네."

결과는 오래 기다릴 필요가 없었다.

"오케이!"

-오케이입니다!

무전기에서 곧바로 오케이 사인이 터져 나왔다. 하지만 나는 감독 대신, 조승희를 먼저 바라보았다.

공은 이미 날아갔다.

안타냐, 홈런이냐.

조승희는 커피를 홀짝이며 아무런 말 없이 나를 바라보았다. 커피잔으로 입을 가리고 있었지만, 눈꼬리가 반달로 변하는 것이 눈에 선명하게 보인다.

그리고 말했다.

"좋은데?"

홈런이다. 그것도 만루 홈런.

"조 감독님이 오케이라고 하십니다. 다음 신 갑시다, 다음 신!"

당당한 원 오케이.

조승희는 나를 바라보며 돌연 고개를 옆으로 세차게 흔들었다. 마치 '잘했어!'라고 말하는 듯했다.

"이야, 재희 씨. 집에 일찍 가고 싶나 보네?"

촬영 감독님이 내게 다가와 엄지를 치켜 드셨고, 배명우는 약간 흥분한 듯 보였다.

"이야, 우리 후배님! 한 번에 오케이야? 저 깐깐한 승희 씨가 칭찬하는 거 들었어?"

"운이 좋았어요."

"아닌데? 완전 칼을 간 얼굴이던데."

그때, 조승희가 내게 가볍게 헤드락을 걸며 말했다.

"이 여우 같은 놈!"

"아앗."

"아니, 내가 늑대 새끼를 키우나? 얌마, 연기 좀 살살해. 옆에 있는 나까지 다 죽이겠다."

말은 이렇게 했지만, 내가 썩 마음에 드는 눈치였다. 나는 아무 말도 하지 않고 흐뭇한 미소를 속으로 삼켰다.

늑대가 아니라, 호랑이 새끼일지도 모릅니다.

암기, 소화, 분석.

내 능력은 대본을 통째로 머릿속에 집어넣어 배역과 내가 시너지를 일으킬 수 있는 최적의 연기를 소화해 낸다.

하지만 나는 이 괴랄한 능력이 가지고 있는 유일한 '약점'에 대비해야 했다.

바로, 액션.

〈청춘 열차〉와는 다르게 〈피서〉는 '액션'이 가미된 영화다. 액션은 대본으로 어떻게 해결할 방법이 없다.

물론 대역이 존재하고, 무술팀도 존재하고, 감독이 어떤 그림을 원하는지 머릿속에 자동으로 떠오르지만 감독이 원하는 그림을, 또 기본적인 움직임을 내가 직접 구현해낼 수 있느냐 없느냐는 중요한 문제다.

움직임에 발목 잡혀 연기가 죽는 것은 원치 않았기 때문에 나는 아예 경기도 파주의 액션 스쿨을 찾았다.

물론, 내가 액션 배우의 전문적인 스턴트 기술을 익힐 필요는 없었다. '망고' 캐릭터 자체가 강력한 무술을 기반으로 한 캐릭터도 아니었고.

그렇지만 내가 선택한 클래스는 실전 A 클래스는 기초 체력 증진과 체중 감량을 포함한 와이어 액션과 무기술 전문교육이 포함된, 실전 스턴트 강좌다.

"이렇게까지 할 필요 있나?"

"미리미리 준비해 두면 좋잖아요?"

"그래도 그렇지. 체력도 생각해야지. 너 지금 휴식기 아냐. 영화 촬영 중이라고."

"다치지 않게 조심할게요."

"픽이나."

차량 스턴트나 승마 정도가 제외된, 전문적인 액션배우들이 소화하는 높은 난이도의 클래스.

처음에는 쉬엄쉬엄 몸도 만들 겸 천천히 액션이나 배워두자고 시작한 일이 은근히 적성에 맞는다.

"생각보다 센스가 좋은데요?"

무수히 많은 영화에서 무술 감독을 맡았던, 베테랑 액션배우 김판호가 나를 인정했다.

"운동신경도 좋고, 무엇보다 겁이 없어서 금방 늘겠어요."

재익이 형이 조금 답답하다는 듯 무술 감독에게 물었다.

"이런 배우 많아요?"

"잘하긴 하지만 저 정도 하는 배우들 생각보다 많아요. 대표적으로……."

"아니, 그것 말고. 당장 촬영에도 안 쓰이는데, 굳이 이 멀리 파주까지 찾아와서 사서 고생하는 배우요."

재익이 형의 질문에 김판호가 픕 하고 웃으며 턱수염을 긁적였다.

"있긴 한데, 대부분 기사 나가고 나면 그만두죠. 이미지 만

들려고 하는 거니까. 근데 이 정도로 근성 있게 하는 사람은, 적어도 저는 본 적 없어요."

"들었지?"

나는 재익이 형의 말이 끝나기 무섭게 몸을 일으켜 필드 중앙에 섰다. 그러자 재익이 형이 내게 소리쳤다.

"또 하게? 그러다 다치면 어떡해. 너 내일모레 촬영이잖아?"

나는 거친 숨을 내뱉으며 검지를 치켜들며 말했다.

"한 번만 더 해보죠."

"아이고, 두야."

재익이 형이 이마에 손을 얹었다.

나는 와이어가 연결되어 있는 조끼를 걸치고 줄을 단단하게 동여매었다. 이마에 맺힌 땀이 손등에 떨어졌지만, 나는 멈추지 않고 점프 자세를 취했다.

와이어 액션, 고공 낙하, 실전 무술, 무기술.

현장을 정복하는 보다 완벽한 배우가 되기 위해서라도, 그저 잘생긴 흔해 빠진 남자배우라는 이미지를 깨버리기 위해서라도, 진짜 호랑이 새끼가 되기 위해서라도 여기서 멈추면 안된다. 미리미리 단련해 두면, 언젠가는 반드시 쓰인다. 그리고 이렇게 몸을 쓰고 있자니 확실히, 내 몸에 끼어 있던 찌꺼기가 빠지며 몸이 가벼워지는 느낌이다.

"준비."

무술팀 한 명이 반대편에서 와이어를 잡고 준비하라는 제스처를 취했다.

그때였다.

"야야, 재희야. 잠깐. 잠깐만."

"네?"

재익이 형이 내 휴대폰을 들고 두 팔을 휘휘 저으며 정지 신호를 보내왔다.

"전화 왔다!"

김이 팍 새어버린다.

"나중에 받으면 안 돼요?"

하지만 재익이 형의 얼굴이 사뭇 진지하게 변했다.

"안 돼. 조승희야."

누구?

"왜 이렇게 물가에 버려둔 애같이 느껴지지?"

"제가 애도 아니고."

"그래. 물론 믿는데, 그냥 그렇다는 거지. 근데 정말 옷 안 갈아입어도 괜찮아?"

"괜찮아요."

나는 카니발의 뒷좌석을 열어젖히며 말했다.

"기다리지 말고 주무세요. 집에 들어가면 문자 남길 테니까."

그러고는 쿵, 뒷좌석 문을 닫았다.

"적당히 마셔!"

재익이 형의 애처로운 외침이 들려와, 나는 대답 대신 손을 흔들어주었다.

- ······청담동 캐슬 블랙, 룸 No.3

조승희가 내게 초대장을 보내왔다.

늑대 새끼를 늑대 굴로 불러들이는데, 이유는 한 가지다.

먹잇감을 주려는 것.

검은색 추리닝 세트에 롱패딩을 걸치고 나온 내 프리한 사복 패션과는 도무지 어울리지 않는 청담동 어느 골목의 호화로운 시크릿 바. 캐슬 블랙.

[Castle Black]

산란하게 수 놓인 네온사인을 지긋이 바라보다, 숨을 고르고 내부로 발을 디뎠다.

하지만 가드에게 곧바로 가로막혀 버렸다.

"아."

"예약하셨습니까?"

내 키보다 손바닥 반 뼘은 큰 가드의 등장에 나는 헛기침을 하며 휴대폰을 꺼내 들었다.

"크흠. 아…… 조승희 씨. 3번 룸이요."

가드가 귀에 꽂힌 이어 마이크를 짚고 뭐라고 수군거리더니 길을 비켜주었다.

"따라오십시오."

일전에 소윤과 김균오를 따라 방문했던 '요코센'보다 훨씬 규모가 크다. 지하 2층 정도를 계단으로 내려가자 쿵쾅거리는 비트 소리가 미세하게 들려왔다.

화악! 문을 열어젖히자 비트 소리는 더욱 강렬해졌다.

복도는 흑요석으로 만든 듯 반질반질 고급스러웠다. 그 복도 끝에 위치한 방에 달려있는 문패 No.3.

3번 방. 조승희 '라인'의 중심.

그 3번 방의 문이 열리자, 찬물이라도 끼얹은 듯한 어색한 분위기가 내 얼굴을 엄습했다.

시선들이 말해준다.

'저 촌놈은 뭐야?'

열렸던 문이 닫히며 비트 소리는 게 눈 감추듯 사라져 버렸다. 나는 긴장한 기색을 감추고, 최대한 여유로운 얼굴로 인사했다.

"안녕하세요."

눈앞에 있는 사람들은 감독님도 아니고, 경력이 몇십 년 된 선생님들도 아니다.

'연기 잘하는 놈이 갑이야.'

조승희가 말했던, 송문교가 내게 경고하던, 그리고 내가 알던 그 차가운 세상이 눈앞에 있다.

조승희, 곽철, 황미영, 유아름, 민주용, 주태호.

블랙 캐슬의 분위기에 어울리는 수많은 젊은 스타 배우들이 나를 주시했다. 몇몇 남자배우의 인상이 팍 구겨지는 것이 눈에 보인다.

'복장이 이게 뭐야?'

하지만 나는 그런 시선을 가볍게 무시하며 조승희를 향해 싱긋 웃어 보였다.

"이야, 왔어?"

조승희가 함박웃음을 지어 보인다.

나는 두꺼운 롱패딩을 벗으며 안으로 들어섰다.

"아, 운동을 하다 와가지고, 복장에 예의가 좀 없습니다."

그러고는 최대한 빠릿빠릿하게 고개를 숙여 보였다.

"신인배우 도재희입니다. 안녕하십니까, 선배님들."

그리고 속으로 물었다.

너희는 적이냐, 아군이냐.

2장

말해 버렸다. 술김에……

곽철, 황미영, 유아름, 민주용, 주태호.

열거된 배우들의 순위를 나열하는 것에 의미가 없을 만큼, 대한민국에서 내로라하는 젊은 연기파 배우들이다.

일명 '조승희 라인' 혹은 '조승희 사단'이라고도 불리며 술, 볼링, 스쿼시 등 운동도 함께 즐기는 것으로 알려진 '조모임'.

일명 별들의 잔치.

조모임이 유명해지게 된 계기는, 연기 잘한다는 것 말고는 공통분모가 전혀 없던 배우들이 한데 뭉쳐 조승희의 영화 시사회에 등장하면서부터다. SNS를 하지 않는 조승희의 특성상 직접 공개한 사진보다 파파라치나 일반인들이 찍은 사진이 인터넷에 더 많이 돌아다녔고, 그 덕분에 오히려 역으로 유명세를 타버렸다.

이 무리의 중심, 조승희가 자리에서 일어나며 말했다.

"자, 여긴 도재희라고 해. 이번에 들어간 영화에서 만난 내 후배. 최근에 '청춘 열차'라는 드라마 하나 끝냈고. 연기는……."

조승희가 숨을 한 템포 늦게 내쉬며 말했다.

"말할 것도 없고."

그러고는 씨익 웃는다.

늑대들의 소굴에 들어온 검은 추리닝을 입은 새끼 늑대.

이런 내 모습이 이들에게 어떻게 비칠까. '비주얼 훈훈한 연기 잘하는 후배' 정도로 보였으면 좋았겠지만, 실상 분위기는 그렇지 않았다.

불신 가득한 시선들이 내게 묻고 있다.

'너 누구야, 뭔데 여기에 와?'

이미 터질 듯 팽배해진 텃세 속에 발을 내디뎠다.

"아무리 그래도 추리닝은 좀 그렇다."

그리고 주변의 불쾌한 공기에 쐐기를 박는 빈정거림이 들려왔다.

"여기가 무슨 동네 편의점도 아니고."

민주용이었다.

그러자 내 옆에 있던 조승희가 딱딱한 목소리로 말했다.

"주용아. 액션스쿨에 있어서 옷 갈아입고 넘어온다는 거, 내가 그냥 바로 오라고 했다."

"그런다고 바로 오는 사람이 어디 있나요? 무슨 동네 친구 만나러 PC방 가는 것도 아니고. 아무리 승희 형이 편한 사람이라도 이건 예의가 아니죠."

"승희 오빠, 이건 주용이 말이 맞아요. 오빠야 편하다고 할지 몰라도 저희들은 처음 보는데 기본적인 예의는 차려야 하는 거 아닌가요?"

차갑다. 원래 이렇게 적대적인 건가? 텃세?

조승희를 제외하고 무리 중 나이가 가장 많은 곽철이 내게 엄중히 경고했다.

"야 임마. 넌 뭔데 이따위로 나타나서 분위기를 흐려!"

아무래도 내가 나서서 사과라도 해야 할 것 같은 불안감이 지배적이다.

"아, 저……."

내가 입을 열려고 하자, 조승희가 바락 소리 질렀다.

"야! 뭐하는 거야? 니들 적당히 좀 해!"

그리고 덧붙이는 한 마디.

"……얘, 진짜 쫄았잖아. 큭큭."

"큭큭큭큭."

"깔깔깔! 아이고, 배야!"

"적당히 하자니까. 다들 진지해지고 있어. 큭큭큭."

"......."

난데없이 나를 제외한 모두가 참았던 웃음을 빵! 하고 터뜨렸다.

이거 뭐야?

조승희가 내 어깨를 두드리며 키득거렸다.

"아고, 미안하다. 다 농담이야. 많이 놀랐냐?"

"......."

뭐야, 몰래카메라야?

내가 바람 빠진 풍선처럼 어깨를 축 늘어뜨리자 또 한 번 폭소가 터져 나왔다.

"깔깔! 저분 진짜 놀랬나 봐요."

"초면에 미안합니다. 저는 곽철이라고 합니다."

곽철이 내게 손을 내밀며 인사했다. 나는 어색한 얼굴로 그 손을 마주 잡았다.

"무례하게 굴어서 미안해요."

"......."

뭐야 이거.

'조모임'을 한 줄로 정의하자면 이렇게 말할 수 있다.

말 많고 유쾌한 모임.

대부분이 여유롭고 장난스러운 성격을 가지고 있었는데, 처음 들어섰을 때의 그 날선 공기는 온데간데없이 사라지고, 연신 웃음꽃이 터지며 유쾌한 분위기가 형성된다.

"신입 회원한테 하는 저희 전통이거든요."

"제가 들어올 때는, 주용 오빠랑 철이 오빠랑 멱살 잡고 싸우기 직전까지 갔다니까요?"

아, 그러세요.

재미있는 점은 내가 누군지, 유명한 배우 친구는 있는지, 얼마나 인지도가 있는지, 뭐하던 놈인지 도통 관심이 없다는 것이다.

출신학교와 회사, 나이 정도만 간단히 나눈 뒤 곧바로.

"선배는 뭐야 선배가? 그냥 편하게 형이라 불러. 아니면 말놔도 좋고. 그냥 친구할까?"

"오빠죠? 흐음, 아무리 봐도 스물여덟으로는 안 보이는데."

그게 끝이었다.

마치 '연기 잘해? 그럼 따질 것도 없이 내 친구야'라고 말하는 듯 보였다. 인지도의 편차, 학벌의 높낮이 따위는 안중에도 없다. '신인은 이래야 해'라는 색안경을 낀 사람도 없다.

'너도 잘 알겠지만, 부심 부리는 놈들이 얼마나 많은데.'

재익이 형이 걱정할 만큼 깐깐한 사람들이 아니었다.

뭐랄까.

이들에게는 '조승희가 좋아하는 배우'라는 공통분모 하나면 충분해 보였다.

"승희 형이 데려왔으면, 믿을 수 있는 놈이지."

조승희가 보장하는 일종의 보증수표, 이들이 유명한 연기자들이라는 사실만 제외하고 본다면 특별할 것 없는 모임 자리다. 각자의 근황이 오가고, 쓸데없는 농담이 오가고, 술이 들어가고 조금 진지한 이야기도 가끔 나왔다.

"여기서 있었던 일은 딱 여기서만. 이거 하나만 약속해."

"네."

"우리는 이제부터 팀이야. 무슨 말인 줄 알지?"

가장 흥미로운 점, 대수롭지 않은 이야기들이 가운데 간간히 섞여 있는 '작품'과 '업계' 이야기다.

"얼마 전에 책 하나 들어왔는데, '만월의 밤'이라고. 재미는 있던데."

"아, 그거 나도 들어왔는데. 너 할 거야?"

"모르겠어요. 확신이 없어요. 재미는 있는데 감독 전작이 손익분기점도 못 넘겼던데, 되겠어요?"

"너네들 생각은 어때? 이거 되겠어, 안 되겠어?"

자신에게 들어온 영화에 대한 정보를 공유하며 의견을 나누기도 했고.

"중국 돈이 좀 찝찝하긴 해도, 공백기에 나갔다 오면 외화벌이도 되고 한국 팬들도 반겨준다니까?"

업계의 흐름을 주도적으로 움직이며 가끔은 '판'을 만들기도 한다.

"회사에서 이번에 들어가는 작품 사이즈 좀 키워보자고 하더라고요. 근데 쉽지가 않아요. 승희 형 '피서' 들어가지만 않았으면, 승희 형이랑 같이 들어가는 건데."

"크, 승희 형이랑 같이 들어가면 투자자가 줄을 서지."

인맥을 이용해서 개런티를 올리는 것은 아주 가벼운 일이며, 서로에게 맞는 작품을 주선해 주고 소개해 주기도 한다.

"'리턴 브라더' 이 영화, 형 추천해 볼까요?"

'인맥'이 좋으면 어떻게든 먹고 살 수 있는 것이 이 바닥이다. 물론, 이것만이 모임의 주된 목적은 아니었다.

"재희. 볼링 좋아해?"

"아, 볼링은 처음입니다."

"그래? 그럼 승희 형이랑 같은 편 하면 되겠네. 승희 형이 제일 잘 치거든. 나갑시다!"

겉으로는 친목, 볼링, 스쿼시 등 다양한 활동을 했으니까.

확실히 회사에서 설레발을 치는 이유가 있었다. 인맥이 성공의 전부는 아니지만, 빨리 가는 '지름길'이기는 했다.

몰랐던 사실도 아니지만, 눈앞에서 펼쳐지는 신세계, 가진 자들이 뭉쳐, 더 거대한 권력을 만드는 새로운 곳, 조금은 불편한 진실을 두 눈으로 목도한 나.

이런 상황에서 내가 취할 수 있는 행동은 많지 않았다. 정의의 사자라도 된 것처럼 자리를 박차고 일어나, '이런 곳인 줄 몰랐습니다!'라고 외친다면 소리소문없이 사라지겠지.

아니, 고민할 필요도 없다.

조승희를 따라 캐슬 블랙에 발을 들인 순간, 나의 선택지는 오직 하나다.

"주용이 형."

"어 재희. 아까는 미안했다?"

야외 주차장에서 담배를 입에 물고 〈만월의 밤〉 대본을 스포츠카 보조석 창문으로 밀어 넣는 민주용에게 다가가 말했다.

"아까 '만월의 밤' 어떻게 생각하냐고 물으셨잖아요."

"그랬지."

나는 빨간 스포츠카 보조석에 아무렇게나 던져진 대본을 흘깃거렸다.

〈만월의 밤〉 [86/100](+7)

그리고 민주용에게 말했다.

"제 생각엔 괜찮은 것 같아요."

"오, 그래?"

동아줄이 내려왔는데, 굳이 뿌리칠 필요는 없다.

언젠가는 잘라내야 할지 몰라도, 그것이 지금은 아니다. 이들은 송문교로는 감히 비빌 수도 없는, 상상 이상의 스타들, 나는 철저히 이들 옆에서 이득을 취해야 한다. 그러면 아주 달콤한 보상이 따라올 테니까.

"예스!"

"호, 잘하는데!"

처음 쳐보는 볼링이라 초반에는 좌우 모서리 핀만 때렸지만, 생각보다 볼링에 소질이 있었는지 9, 10레인에서 스트라이크를 연속으로 치기도 했다.

"처음 치는 거 맞아?"

"하하, 운이 좋았어요."

"이거 자주 불러야겠네? 스쿼시는 어때, 해봤어?"

"해보지는 않았는데, 한번 해보고 싶었습니다."

"운동 좋아하는구나?"

함께 땀을 흘리면 가까워진다고 했던가. 조모임 멤버들과는 간간히 만나기로 약속하고 연락처를 교환했다.

[민주용 님이 단체방에 초대하였습니다.]

〈조모임〉의 단체 채팅방에 초대된 일도 사소한 일 중 하나다.

다음 날 오후에 포털 사이트에 아주 짤막한 기사 한 줄이 올라갔다.

[무서운 신인 도재희, 〈피셔〉로 조승희 사단 합류?]
오채연 기자.

L&K에서 슬쩍 흘려주고, 오채연 기자가 스매싱을 때린 기막힌 공격이었다.

한만희 연출. 조승희, 임강택 주연의 〈피셔〉는 촬영 전부터 화제를 모았고, 연관 기사에서 내 이름이 거론되기 시작했다. 거기다 곽철, 민주용, 유아름 같은 배우들의 기사에도 내 이름이 한 토막씩 실리기도 했다.

이슈에 이슈를 더해 인지도를 끌어올리는 것은 흔하게 쓰이던 오래된 방법, 하지만 그만큼 먹히는 방법이기도 하다.

[도재희. 드라마에 이어, 곧바로 천만 감독 차기작 발탁.]

[〈청춘 열차〉의 명품조연 도재희, 〈피셔〉로 올 추석 전격 스크린 데뷔 예정.]

['조승희 사단' 연기파 배우 대열에 합류한 '작은 괴물' 도재희.]

드라마가 비는 동안의 공백기를 심심하지 않게 〈피셔〉와 '조모임' 관련 기사가 메꾸어주었고, 〈청춘 열차〉를 기억하는 팬들에게 좋은 선물이 되었다.

그리고 또 하나 더, 내 공백기를 오히려 사람들에게 각인시킬 수 있는 '막강한' 무기.

"재희야."

〈피셔〉 촬영 중, 쉬는 시간에 조승희가 나를 찾았다.

"예?"

조승희는 달콤한 사탕을 주머니에 숨겨두고, 하나씩 꺼내먹을 생각에 신난 어린아이 같은 표정을 지어 보였다.

"요즘 바빠?"

"아뇨."

아니, 어쩌면 선물을 주기 전 산타클로스에 더 가깝겠다.

아주 귀중한 선물.

"너, 광고할래?"

"예?"

"아름이 소주 광고 하는 거 알지? 이번에 계약 새로 하면서 다시 찍는데, 거기 상대 남자배우로 신선한 마스크 찾는다더라. 얼굴은 몇 컷 안 나오겠지만, 내가 너 추천할까 하거든."

조승희, 그리고 조모임. '판'을 움직이는 자들.

'애 어때요?'

슬쩍 말 한마디 툭 던지기만 하면, 캐스팅을 현실로 만드는 남자. 드라마가 끝나며 생긴 내 공백기를 너도나도 품앗이해가며 채워주려고 한다.

'팀'이니까.

이제야 '조모임'이 존재하는 이유를 알 것 같다.

하지만 의문도 함께 따라붙는다. 아무리 단순한 조연이고 유아름이 같은 기획사라고 하지만, 이런 것까지 가능하다고?

"자세한 건, 너희 회사랑 먼저 얘기해 봐야겠지만."

조승희가 내게만 들리는 목소리로 아주 달콤하게 말했다.

"너 하고 싶다고 하면…… 내가 얘기 한번 해보고."

이건…… 마치, 뭐랄까.

헤드윅에 나오는 슈가대디가 이런 맛일까?

권력의 맛.

'조모임'은 웃는 얼굴로 지대한 영향력을 행사하고 있다.

웃는 얼굴로 휘두르는 칼, 그 칼날 위에 올라탄 나는 흥분을 감추려 했지만, 쉽사리 감출 수 없었다.

"별거 아냐. 얼굴 한두 번 비추는 게 전분데 뭐."

조승희에겐 별거 아닌 일이라는 것쯤은 알고 있다. 공식 모델이 아니라, 조연일 뿐이니까.

하지만 내게는 좋은 기회였고 대답은 그 어느 때보다 빠르고 명확했다.

"네. 하고 싶어요."

조승희 기획, 유아름 주연. 도재희 조연.

조모임은 실력 있는 '내 사람'들을 서로 끌어주기 위한 모임이다. 내게만 존재하는 일종의 '특혜'라기보단 멤버들 다수가 이러한 '밀어주기' 과정을 거치며 위로 올라왔고, 이제 '내 차례'가 왔을 뿐이다.

단순하게 생각하자. 그냥 좋은 자리가 하나 생겼는데 생판 얼굴도 모르는 남보다 '내 친구'에게 주고 싶은 거다. 어차피 소주 '술김에'의 메인 모델은 '유아름'이고, 나는 그 맞은편에 앉아 대사 한마디 하는 조연일 뿐이다.

단순히 광고 조연하는 자리잖아?

오히려 묻고 싶다. 이런 선의의 초콜릿 한 조각을 거절할 수 있나?

"해야지, 무조건 해야지!"

박찬익 팀장은 소식을 듣자마자 두 주먹을 불끈 쥐며 손을 흔들었다.

물론 나라고 아무거나 주워 먹다 체할 걱정을 하지 않은 것은 아니다. 주의할 점도 있다.

철저하게 정신을 똑바로 차려야 한다. 내가 저 사람이 던져 주는 먹이만 받아먹는 '개'가 되고 있지 않은지, 조모임은 내가 밟고 올라설 '도구'인데, 오히려 내가 '도구'가 되고 있지는 않은 지. 정신 바짝 차리고, 주도면밀하게 살펴야 한다.

하지만 뭐, 딱히 대단한 위험이 있을 것 같지는 않다.

L&K 박찬익 팀장과 신속하게 진행된 광고주 미팅. 신인 조연치고는 파격적인 출연료 협상까지 순조롭게 이어졌다.

"6개월에 육천이야."

메인 모델도 아니고, 단순히 광고 출연자에 불과한 내가 이런 큰 금액에 계약하게 된 것은 오로지 박찬익 팀장의 능력이었다.

"첫 광고가 중요하거든. 다음 광고 때 개런티에서 발목 안 잡히려면 높게 불러야지. 광고 계속하려면."

"감사합니다."

"그런데 이거, 너한테 왜 소개해 준 거냐? 듣기로는 내정자도 있었다는 것 같던데."

박찬익 팀장의 질문에 내가 어깨를 으쓱였다.

"글쎄요."

남 주기 아까웠나 보지.

"제가 투자할 가치가 있었나 보죠."

햇병아리 신인배우. 나한테 뭐 뺏어 먹을 게 있다고 술수를
부렸겠는가.

내게 날아온 뜻밖의 '화살', 이 화살은 시위를 떠나자 과녁에
빠르게 날아들었다. 그리고 오늘, 경기도 남양주에 위치한 '술
김에' 촬영 세트장에서 유아름과 재회했다.

"오빠!"

내게 손을 흔들며 반갑게 인사하는 여자, 유아름은 조승희,
임명한 등이 속해 있는 국내에서 배우풀이 가장 넓은 기획사
'배우덩쿨' 소속의 배우로 국립예종 연기과 출신의 데뷔 5년
차, 탄탄한 구력을 자랑하는 올해 나이 스물일곱의 여배우다.

조, 단역부터 시작해 데뷔 3년 만에 주연을 꿰차며 전형적
인 엘리트 코스를 밟아가고 있고, 반년 전 '술김에'의 소주 모델
로 발탁되었다. 2017년에 가장 큰 화제를 모았던, '오빠 풀잔!'
CF의 주인공으로 유명하다.

이번 연장 계약을 통해 새 컨셉으로 촬영하게 되었다.

유아름이 신기하다는 듯, 웃으며 말했다.

"낮에 보니까 되게 신선하네요?"

"큭큭, 그러게요. 저 추천했다면서요? 고마워요."

"고맙긴요? 다 돕고 사는 거지. 나중에 오빠도 저 도와주서야 해요."

유아름은 장난스럽게 웃어 보였다.

"물론입니다."

"콘티는 봤어요?"

"아직요."

"제가 오빠 좋아하는 상황이에요. 짝사랑 같은 거. 대기실에서 확인해 보세요."

나는 대기실로 들어가 비밀유지서약서에 사인을 하고, 콘티를 받아보았다.

콘티 내용은 짝사랑하던 오빠에게 술김에 고백하는, 사랑스러운 여자 후배의 이야기다.

"이제 그만 마셔."

내 대사는 고작 이 한 줄이었다. 이 정도면 흡수고 뭐고 필요 없는 수준. 첫 장면에서 걱정스러운 내 대사와 함께, 적당히 취기가 오른 유아름에게 컷이 넘어간다.

"오빠, 나 오늘 할 말 있어요."

궁금하다는 얼굴의 내 바스트 하나, 다음은 마주보고 있는 투 샷. 다음 컷은 입술을 살짝 물어뜯는 유아름 인서트.

"나…… 몇 번이고 생각해 봤는데요."

안절부절 못하는 얼굴 타이트 바스트.

"오빠 좋아하는 것 같아요."

술잔에 담겨 흔들리는 술이 인서트 되고 전체 풀 샷으로 변하며 유아름의 나레이션이 시작된다.

"말해 버렸다."

유아름의 떨리면서도 후련한 얼굴 타이트.

"술김에……."

마지막, 사랑스러운 유아름의 표정과 술집 전체 풀 샷에 포커스 아웃되며, 소주병 CG로 마무리.

"간단하네."

내 분량은 거의 없는 수준이나 다름없었지만 그래도 위안인 점이 있다면, CF 첫 시작이 내 바스트라는 것 정도. 그리고 CF 자체가 젊은 남자들을 겨냥한 듯 달달하다.

이거, 꽤나 남자들한테 먹히겠다.

"슛 가겠습니다!"

"가자, 재희야."

연출팀의 외침에 자리에서 일어나 세트장으로 향했다.

세트장에는 유아름이 먼저 도착해 있었는데, 스텝들과 인사를 나누고 있었다.

나는 그쪽으로 다가갔다. 그러자 한 젊은 남자가 나를 알아보고 인사를 건넸다.

"아, 재희 씨. 반갑습니다."

내게 인사를 건넨 남자는 단편, 티저, CF 등 짧은 영상물을 전문적으로 제작하는 '스토리 숏 아트센터'의 대표이자 젊은 CF감독 이성훈. 이번에 그가 '술김에' CF를 맡았다.

이성훈이 내게 명함을 내밀었다.

"이거, 인사가 늦었습니다. 이성훈이라고 합니다."

"반갑습니다."

악수하면서 보니 손이 제법 거칠다. 하지만 거친 손과는 다르게 푸근한 미소로 내게 말했다.

"괴물 신인이라는 기사 읽었는데…… 영광입니다. 오늘 잘 부탁합니다."

"저야말로 잘 부탁드립니다."

짧은 인사가 끝나자, 옆에서 40대 중반 정도로 보이는 배불뚝이 남자가 내게 악수를 청했다.

"하하. 이거 반갑습니다. 말씀 많이 들었습니다."

가슴 명찰에 박혀 있는 '동문소주'의 회사 마크를 보니 굳이 소개하지 않아도 대번에 누군지 알 수 있었다.

슈퍼 갑, 광고주다.

촬영에 대한 전반적인 이야기가 오갔다. 하지만 광고에서 가장 중요한 건 결국 광고주의 의견이다. 다행히 광고주는 생각보다 깐깐한 사람은 아니었다.

원하는 것은 딱 하나뿐이었다.

"저보다 감독님이 전문가시니 알아서 잘 찍으시겠지만, 우리 아름 씨가 참 예뻐 보였으면 좋겠습니다. 하하!"

이성훈 감독은 자신 있다는 듯 말했다.

"여배우 예쁘게 찍는 건, 기본 중의 기본 아니겠습니까? 맡겨만 주십시오."

세트장 분위기는 전형적인 시골 대포집의 따뜻한 분위기였다. 메인 메뉴인 어묵탕은 근처 버너에서 팔팔 끓고 있었고, 나와 유아름은 테이블에 마주보고 앉았다.

"오빠 CF 처음이죠?"

"네."

"그럼 각오하세요. 후후."

그리고 유아름은 장난스럽게 웃어 보였다.

응? 뭘 각오하라는 거지?

"자 첫 컷트! 남자 바스트 먼저 갈게요!"

"갈게요!"

연출부의 외침에 주변이 쥐죽은 듯 고요해졌다. 그리고 나는 최대한 한 감정에 집중했다.

'걱정스러움.'

유아름은 내 감정을 위해 카메라 뒤에서 내 눈을 맞춰주었다. 나 스스로가 한없이 몰입한 지금.

"큐!"

사인에 맞춰 3초 정도 호흡을 머금고 입을 열었다.

"이제 그만 마셔."

발성도, 목소리도 제대로 뽑아져 나왔다. 그다지 튀려고 노력하지 않았다.

그냥, '인간 도재희'의 분위기를 있는 그대로 충실하게 표현했다.

"오케이!"

오케이 사인이 떨어졌지만, 유아름이 뭘 각오하라고 말했는지는 곧바로 알 수 있었다.

"재희 씨! 조금 다른 느낌으로 갈게요!"

"네?"

"방금은 대학생 선배 같은 느낌이었다면, 이번에는 말괄량이 직장 후배를 보는 느낌?"

"……아, 네."

내 연기가 마음에 안 들었다는 건가?

이번에는 조금 더 엄한 목소리로 말했다.

"이제 그만 마셔."

하지만 이번에도 다른 요구가 이어졌다.

"좋아요! 이번에는 이런 거 어떨까요? 여동생으로만 보였는데, 갑자기 여자로 보인다."

무한 반복 촬영이 이어졌다.

"오케이! 아 훌륭해요! 이번에는 조금 더 장난스럽게 웃어볼까요?"

이성훈 감독은 계속해서 '다른' 연기를 요구했다.

또? 고작 15초 내외의 이 짧은 영상에 들어갈 소스는 왜 이렇게 많이 따는 거야.

"좋아요! 이번에는 조금 무뚝뚝하게 해볼게요."

좋다고 하지 말라고, 어차피 다시 찍을 거면서.

마치 오케이인 것처럼 좋다면서, 뒷말은 꼭 다른 요구를 해 온다.

'매력적이게!', '긴장된 얼굴로!', '첫사랑을 만난 것 같은 얼굴', '최대한 시크하게!', '구름을 걷는 것같이 행복한 얼굴!'

죄다 비슷비슷한 말 같은데, 모두 다르게 연기하려니 어렵다. 하지만 나는 최대한 느낌을 살리며 충실히 임했고, 열 개가 넘는 소스를 찍고 나서야 완전 오케이 사인이 떨어졌다.

"하아."

나는 기운이 빠져 테이블에 머리를 박고 한숨을 내쉬었다.

이런 적이 없었는데, 너무 NG를 많이 내버렸다.

하지만 유아름이 조금 격앙된 목소리로 말했다.

"오빠 잘하시네요? 처음이라면서요?"

놀랐다는 듯 눈을 동그랗게 뜨고 조금 흥분한 것 같았다.

"네?"

"감독님이 원하는 얼굴 척척! 바로 표정이 나오네요? 신인이 제일 고전하는 부분인데. 솔직히 말해요. CF, 전에 해본 적 있죠?"

그럴 리가.

"저 10번 넘게 찍었는데요⋯⋯?"

"CF가 원래 그래요. 그 정도면 짧은 거예요."

짧은 거란다. 그리고 이성훈 감독이 내게 다가오며 이 칭찬에 쐐기를 박아 넣었다.

"이야, 기사에서 하도 괴물, 괴물 해서 기대했는데, 정말로 괴물이네요."

"⋯⋯."

고오⋯⋯맙다.

이번에는 유아름의 차례다. 유아름의 연기를 보고 있자니, 이제야 CF를 어떻게 찍어야 할지 감이 온다.

CF가 힘든 이유도 같이 알 수 있었다.

"오케이! 아름 씨! 조금 더 푼수같이 웃어볼까요?"

연출의 생각이 비교적 확고하게 정해져 있어 길이 '하나'인 영화와는 다르게, 광고는 '여러' 갈래. '여러' 버전을 계속해서 찍는다.

"좀 더 활짝! 아이 좋아요."

정말 배우가 가지고 있는 매력의 극한을 뽑아내는 것 같은 느낌, 연기자보다는 모델의 일에 가깝다는 느낌도 들었다.

유아름은 프로였다, 카메라 앞에서 유독 빛나는 프로.

스무 번 넘게 촬영하면서, 전부 다른 다채로운 매력을 선보였다. 이 정도면 충분할 것 같은데, 더 이상 나올 게 없을 것 같았지만 신기하게도 이성훈 감독은.

"몽실거리게!"

알아듣기 힘든 괴이한 디렉팅으로, 유아름에게 또 다른 매력을 요구했다.

하지만 유아름은 그걸 또 해낸다. 감독이 다른 요구를 해 올 때마다 팔색조 같은 매력을 선보인다.

뭐랄까, 이게 천상 여배우구나 싶다.

이걸 눈앞에서 보는 게 얼마나 아찔한 일이냐면, 유아름 같이 짧은 단발머리에 괄괄한 성격은 내 스타일이 아니라고 단언코 말할 수 있음에도.

"오빠……."

연기에 빠져 있는 지금 이 순간만큼은 정말 귀엽다고 생각했다.

"오빠, 나 할 말 있는데요."

소윤이나 박청아처럼 아직 무르익지 않은 배우들에게는 말을 수 없는 향(香), 이미 정상에 오른 고수의 몸짓.

"나…… 몇 번이고 생각해 봤는데요."

"……."

"오빠 좋아하는 것 같아요."

치명적이다.

양파 같은 여자, 유아름.

나는 확신한다, 이 CF가 분명 수많은 짤을 양산해내며 인터넷에서 전설적으로 회자될 것임을.

유아름도 나와 비슷한 생각을 했는지, 짧은 쉬는 시간에 슬쩍 내게 와 말했다.

"우리 좀 잘 어울리는 것 같지 않아요?"

"예?"

"CF요. 오빠랑 저, 은근 케미 터지는 것 같은데."

유아름이 고양이처럼 웃어 보였다.

갸르릉.

'술김에' CF는 정말이지 빵! 터져 버렸다.

"재희 오빠!"

"예?"

"저 할 말 있는데요."

"어떤 거요?"

"저…… 아무래도 오빠 좋아하는 거 같아요."

"……"

〈피셔〉의 의상팀 여자 스텝들은 나를 마주칠 때면, SNS를 장악한 '술김에' CF의 유아름 흉내를 내며 장난을 쳤다.

"……앗! 말해 버렸다. 술김에……"

물론, 유아름처럼 치명적이진 않았지만. 내 컨디션에는 치명적이다.

"깔깔깔깔!"

"……"

어이, 그만하지.

벌컥!

그때, 재익이 형이 의상실로 들어서며 내게 말했다.

"옷 다 갈아입었어?"

"네."

"그럼 얼른 가자. 스케줄 바쁘다."

"깔깔깔! 오빠 고생하셨어요!"

"수고하셨습니다."

나와 재익이 형, 영미 씨는 축제 차량에 몸을 싣고 서울로 내달렸다. 나는 잠시 눈이라도 붙일까 싶어 창가에 머리를 기대고 눈을 감았는데, 그때 영미 씨가 내게 말했다.

"오빠 이것 좀 봐요."

응?

영미 씨가 휴대폰을 내밀었다.

휴대폰에는 동영상 하나가 재생되고 있었다.

-앗! 취해 버렸다……. 술김에, 술김에 취했어!

여기도 술김에, 저기도 술김에. '술김에' CF는 개그 프로그램의 패러디 소재가 되어 인터넷에 회자 되고 있었고, SNS에는 짤방이 떠다녔다.

"오빠. 이거 요즘 엄청 핫한 거 알아요?"

"알죠."

스텝들이 얼마나 장난을 많이 치는데.

"제 친구들이 오빠 궁금하다고 난리예요. 술자리에 불러달라고 막. 사귀고 싶다고 막막."

아, 그러세요.

'오빠 좋아하는 것 같아요.'

술집에서 특히 빛나는 유아름의 사랑스러운 눈빛 연기는

수많은 남자들의 가슴에 불을 지폈다.

'어, 어?'

그 옆에서 훈훈한 비주얼로 순수한 매력을 발산하며 황금 케미를 선보인 내 얼굴도 덩달아 화제가 되었다.

'저 남자 누구야?'

'어디서 본 것 같은데, 누구지?'

'청춘 열차 도재희!'

CF로 본 홍보 효과는 아주 성공적인 셈이다. 그 덕분에 대중들과 멀어져 있던 요즘, 대중들의 관심을 유지시킬 수 있었고, 덩달아 '제작사'의 관심도 생겨났다.

"요즘 까고 있는 작품이 몇 갠 줄 알아?"

재익이 형은 말은 이렇게 했지만, 내심은 기분이 좋은 듯 보였다.

"'청춘 열차' 끝나고 너한테 들어온 책만 벌써 세 개야."

세 작품 모두 주연은 아니었다. 주말드라마 서브 남주, 일일 드라마 여주의 남동생, 미니시리즈 조연.

하지만 스케줄이 안 될 것 같다고 모두 고사했다.

이제부터 아주 바빠질 예정이니까.

2018년, 어느새 초봄이 시작된 지금, 요즘 가장 핫한 배우라고 하기엔 어딘가 부족하지만, 가장 도드라진 성장세를 보인 '바쁜' 배우'라고 부르기엔 충분하다.

최근에는 조연이지만 CF도 찍어보고. 영화도 동시에 두 작품이 진행 중이며, 틈틈이 액션도 배우고 있다.

"오빠!"

"네?"

"저 할 말 있는데요."

내 눈이 가늘어졌다.

"영미 씨도 그거 하려고 하죠?"

"아닌데, 뭘요?"

"……크흠. 할 말이 뭔데요."

영미 씨가 샛노란 머리카락을 옆으로 휘익! 넘기며 말했다. 아주 느끼한 목소리로.

"저 오빠 좋아하는 것 같아요."

"역시……."

아, 치명적이다.

내 눈.

거기서 끝이 아니었다. 필요할 때면 팝콘을 소환하는 능력을 가지고 있는 영미 씨는 뜬금없이 주머니에서 '술김에 소주병'을 꺼내 들었다. 그러고는 소주병을 턱밑에 딱! 붙이며 말했다.

"말해…… 버렸다. 술김에."

아니, 이 여자. 이런 건 대체 언제 준비한 거야?

"……."

"꺄꺄꺄꺄!"

내 황당한 얼굴에 영미 씨가 배를 잡고 웃기 시작했다.

그러자 재익이 형이 룸미러를 노려보며 말했다.

"아이, 협찬받은 거 가지고 장난칠 거야? 영미 씨?"

"협찬이요?"

재익이 형이 손짓으로 뒤를 가리켰다.

"동문소주에서 사무실로 보내왔더라. 사무실에도 있고, 트
렁크에도 잔뜩 있어. 영미 씨! 그거 도로 집어넣어."

뒷좌석을 보니 정말로 '술김에'라고 찍혀 있는 소주 박스가
한가득 실려 있다.

"……."

아무리 소주 회사라도 그렇지, 고맙긴 하다만 저거 다 마시
고 죽으라는 건가?

"근데 차에는 왜 실으셨어요?"

"시골에 촬영 갔는데 편의점 없으면 어떡해? 비상용이지."

"……."

너무 준비성이 철저한걸.

그때, 영미 씨가 〈술김에〉의 병뚜껑을 휘리릭! 따며 말했다.

"앗, 따 버렸다! 술김에……."

"영미 씨! 그거 마시면 안 돼!"

··· 3장 ···
주연의 품격

〈양치기 청년〉의 주조연급 라인업이 모두 구성되었다는 소식을 듣고, SAFA 건물을 다시 찾았다. 오랜만에 만난 박진우 연출과 스텝들은 나를 보자마자 호들갑을 떨었다.

"도 배우님!"

"헉, 도졌다!"

도졌다.

'도재희 오졌다'라는 뜻의 인터넷 합성어. 몇몇 여성 팬들에게는 '도재희의 매력이 내게 도져 버렸어'라고 쓰이기도 한다고, 영미 씨가 알려줘서 나도 최근에야 알았다.

"진짜 연예인이 돼서 오셨네요. 나중에 저희 영화 홍보 좀 잘 부탁드릴게요. 호홋!"

일전에 내게 팬이라고 수줍게 고백하던 제작부장은, SAFA를 찾을 때마다 나날이 인지도가 올라가는 나를 보며 흐뭇한 미소를 지었다.

스텝들과 간단하게 인사를 나누고 박진우 연출 맞은편에 앉았다. 박진우 연출은 내게 미안한 얼굴로 말했다.

"도 배우님 요즘 오르시는 인지도에 비해 개런티가 너무 섭섭한 것 같아서요. 약소하지만, 계약에 러닝 개런티 조항을 삽입했으면 합니다."

러닝 개런티는 작품의 흥행 결과에 따라 개런티가 추가적으로 지급되는 형태로 배우에게 지급되는 기본 개런티를 줄여 제작비를 절감할 수 있고, '완성도'를 높이기 위한 동기 부여가 될 수 있다.

박진우 연출이 제안한 러닝 개런티는 기본 개런티 천만 원에 손익분기점을 넘길 시 1인당 100원 조금 못 미치는 돈이 들어온다. 내게도 나쁠 것 없는 좋은 제안이다.

"이렇게라도 해야 제가 마음이 편할 것 같습니다."

나는 순순히 고개를 끄덕였다.

"네. 감독님 편하신 대로 하셔도 됩니다."

팔천만 원 정도가 들어가는 총 제작비에 상영관이 몇 개 나오지 않을 독립영화. 유명무실한 러닝 개런티일지도 모르지만, 추후 DVD와 TV 판매 조항도 포함되어 있었다.

이만하면 훌륭하다.

박진우 연출은 프로필을 꺼내 책상에 펼쳐놓기 시작했다.

"이렇게 확정되었습니다."

프로필에는 배우들의 사진과 이력이 상세하게 펼쳐져 있었는데 한눈에 보기에도 눈에 익은 배우들은 안 보였다.

"독립영화계에서는 그래도 연기력으로 촉망받는 유망한 분들인데, 대중적인 인지도는 전무하다고 보시면 됩니다."

"아, 네."

하지만 정말 '개성' 있는 배우들이 많이 보인다. 비주얼보다는 강렬한 연기로 승부하는 연기파 배우들. 그들의 프로필 사이에 문성이 형 역시 나란히 끼어 있었다.

박진우 연출도 마침 생각났다는 듯 말했다.

"아! 도 배우님이 추천해 주신 이문성 배우님. 연기 정말 좋았습니다."

"다행이네요."

"지금 옆방에 배우들이 모여 있는데, 천천히 살펴보시고 들어가시면 되겠습니다."

"아, 네."

박진우 연출이 자리에서 일어나며 재익이 형에게 말했다.

"그럼 매니저님. 첫 촬영 날짜를 잡을 예정인데……"

"아, 네. 저랑 얘기하시죠."

"네. 저희는 휴게실로 가실까요."

나는 혼자 사무실에 남아 프로필들을 꼼꼼히 살펴보았다.

이름, 얼굴, 프로필 약력을 간단하게 머릿속에 집어넣은 뒤 곧바로 옆방으로 들어섰다.

"헐, 도재희다."

들어서자마자 여배우 한 명이 나를 보며 입을 손으로 가린다. 그러고는 황급히 입을 찰싹! 손으로 때리며 중얼거렸다.

"앗······!"

나는 고개를 꾸벅 숙여 인사했다.

"안녕하십니까. 도재희라고 합니다."

시선이 내게 일약 집중됨을 느꼈다. 강의실로 보이는 곳에 듬성듬성 앉아 있는 배우들. 나는 그들 모두와 한 명 한 명, 시선을 맞추었다.

이들에게서는 옛날의 나와 비슷한 냄새가 난다. 배역에 대한 욕심, 성공에 대한 욕망 같은 것들의 냄새는 내가 송문교를 바라보던 적대감과는 조금 다르지만, 본질은 흡사하다.

'아, 쟤가 주연이야?'

'최근에 얼굴로 뜬 놈이지?'

'연기는 잘 못 할 것 같은데.'

뭐, 간간이 호의적인 시선들도 있었다.

문성이 형은 이런 내 모습이 재밌는지, 배를 잡고 소리 없이 웃고 있었다.

나는 최대한 여유롭게 웃어 보이며 말했다.

"잘 부탁합니다."

조승희에게서, 임명한 선생님에게서 어깨너머로 배운 것이 많다.

특히 주연의 품격에 대해.

"어땠어?"

"뭐가요?"

SAFA에서 집으로 돌아가는 길에 재익이 형이 물었다.

"'양치기 청년' 배우들이랑 오늘 인사했잖아. 분위기 어땠냐고."

"흐음."

연기 잘하는 배우들이 얼마나 콧대가 높은지는 말하지 않아도 알 수 있다.

그런데 조승희처럼 정점을 찍어 본 여유로운 자들이 아니라, 아직 성공의 맛을 보지 못한 젊은 늑대들이라면?

당연히 호전적일 수밖에 없지.

"괜찮았어요."

물론 그들은 겉으로 티를 내지 않았다. 하지만 내 등장과 동시에 무거워진 공기를 숨길 수는 없다.

'얼마나 잘하나 보자.'

주연이란 그런 자리다. 한 작품을 이끌어가는 주연의 품격에 어울리는 자라는 것을 증명하지 못하면, 수많은 도전을 받게 된다.

〈청춘 열차〉의 송문교가 선배님들에게 인정받지 못하고, 내게 연기력으로 도전을 받고 〈청춘 열차〉 안팎으로 겉돌던 이유가 바로 이것 때문이다.

"텃세 같은 거는 없어 보였어?"

재익이 형, 괜히 7년 차 베테랑 매니저가 아니라는 건가.

한눈에 이상 기류를 알아보았다.

하지만 나는 모르는 척 고개를 저었다.

"글쎄요."

"그래? 네가 뜬 지 얼마 안 돼서 아직 모르는 사람이 많을 거야. 특히 너처럼 얼굴 반반하면, 비주얼로 떴을 거라고 지레짐작하는 애들이 많은 거지."

얼굴로 떴을 것이라 짐작하며, 연기로 나를 깎아먹으려는 자들도 분명 존재하겠지.

나는 조금 전의 상황을 돌이켜 보았다.

이름이 차영호라고 했던가.

이 사람을 한마디로 말하자면, 뜨고 싶지만 뜨지 못한 '부심'만 강한 배우다. 그가 내게 물었었다.

'독립영화 왜 하세요?'

얼굴은 웃고 있었지만, 질문의 의도를 알아차리는 건 그다지 어렵지 않았다.

'일일드라마나 하면서 아줌마들한테 웃음이나 팔지.'

'네가 예술을 알아?'

'어디서 들어본 적도 없는 새파란 놈이 주연이야?'

바보가 아닌 이상에야 분위기를 알아차릴 수 있을 것이다.

나는 웃으며 대답했었다.

'작품 좋아서 하는데 이유가 있나요.'

겉으로는 여유로운 척 콧등을 긁적였지만, 속은 꽤나 끓었다. 조금만, 아주 조금만 내게 '동료'로서의 예의를 차려준다면 나는 이들을 조승희와 다르지 않은 '선배'로 대접할 텐데.

차영호는 아슬아슬하게 그 예의라는 외줄을 타고 있다.

재익이 형이 말했다.

"텃세 없으면 다행이고. 그래, 열심히 해봐. 그렇게 하고 싶어 했던 거잖아?"

나는 차창 풍경을 주시하며 고민에 빠졌다.

'주연'이 하고 싶어서 선택한 영화 〈양치기 청년〉.

기분 좋게 작품에 들어가고 싶었지만, 오히려 인간관계는

〈피서〉보다 어렵게만 느껴진다. 〈피서〉는 내가 조금 숙이면 그만이지만, 〈양치기 청년〉은 모두를 이끌고 가야 하기 때문이다.

뭐, 어찌 되었든 내가 취할 수 있는 선택지는 하나다.

"제가 하고 싶은 작품이었으니까…… 잘해야겠죠."

내가 잘하면 된다. 주연으로서 보여줄 수 있는 최대한의 품격을, 저들에게 각인시키면 된다.

'나, 쉬운 놈 아니야'라는 것을 연기로 보여주면 된다.

그야말로 촬영 폭탄을 맞았다.

연거푸 이어진 〈피서〉의 무박 2일 촬영에 '무비 노티스'라는 영화 전문 프로그램의 메이킹 인터뷰 촬영, 오채연 기자와의 단독 인터뷰, 또다시 3박 4일의 〈피서〉 촬영. 지방 로케이션 일정이 잡혀 〈피서〉의 메인 촬영팀이 빠진 뒤로 이제 좀 쉬나 싶었더니, 이번에는 〈양치기 청년〉 촬영이 잡혔다.

마치 재익이 형이 나를 엿 먹이기 위해 계속해서 촬영장으로 등 떠미는 기분이지만 사실은.

"끌끌, 다 네가 자초한 거지."

맞다. 작품 욕심을 부린 것은 나다. 그나마 〈피서〉의 촬영이 중반에 접어들고, 내 분량은 이제 몇 신 남지 않았다는 것은 무척이나 고무적인 일이다.

새벽 다섯 시에 쓰러지듯 차에 올라 잠들었다가, 눈을 떠보니 어느새 전라북도 부안의 작은 시골 마을에 도착해 있었다.

새벽에서 늦은 아침으로, 도심에서 읍내로, 완벽하게 뒤바뀌어 있는 주변 환경을 차창 너머로 멍하니 바라보며 감탄사를 내뱉었다.

"로케이션 대박이네요."

어떻게 찾았는지 모르겠지만, 이곳은 〈양치기 청년〉이 텍스트로 뿜어내는 분위기를 그대로 간직하고 있었다.

노동자들의 허름한 대포촌과 90년대 영화에서나 볼법한 휘갈긴 술집 간판들이 보이고, 현대식 카페가 아니라 실제로 영업 중인 다방이 존재하는 곳이다.

인근에 차량을 주차하며 재익이 형이 중얼거렸다.

"그나저나 촬영 인원은 저게 전부인가."

〈양치기 청년〉 촬영팀은 화물트럭을 소환하고 조명 사다리차를 불러 밤을 낮으로 바꾸는 〈피서〉의 기적에 비해서는 확실히 초라한 편이었다.

요즘은 영화에서도 투 캠(Two CAM)이 기본이라고 하였지만 카메라는 한 대뿐이었고, 스텝도 열댓 명이 전부다.

인도 옆길에 덩그러니 놓여 있는 모니터 두 대와 연출부가

들고 다니는 슬레이트, 길거리를 점거 중인 LED 라이트들만
이 이곳이 영화 촬영장이라고 말하고 있었다.

하지만 장비가 대수일까. 누가, 누구를, 어떻게 찍는지가 중
요한 거지.

"안녕하십니까!"

나는 최대한 밝은 얼굴로 인사하며 현장으로 들어섰다.

"도재희 배우님, 오셨습니다!"

"오셨다."

박진우 연출이 자리에서 일어나 나를 반겼다.

젊은 천재, 타고난 영화인.

현장에서 만난 그는, 요 며칠 잠을 설쳤는지 조금 피곤한 기
색이었지만 눈만큼은 빛내고 있었다.

"먼 길 오시느라 고생 많으셨습니다."

"아닙니다."

"식사는 하셨습니까?"

"네. 도시락 먹었습니다."

"그렇군요. 저희도 김밥 먹었습니다."

박진우 연출이 두 손을 쫙 펼치며 주변을 가리켰다.

"어떻습니까?"

질문에는 섭외에 대한 자부심이 가득 담겨 있었다.

그럴 만도 하지.

허름한 노래방의 돌출간판. 미용실 앞의 돌아가는 싸인 볼. 유리창에 먼지가 소복이 쌓여 있는 대폿집. 모두 내가 상상하던 그대로다. 그리고 마치 영화 속 세트 같은 촌스러운 이름의 희망 다방…….

어, 희망 다방?

"대본에 나오는 다방 이름이…… 희망 다방 아닌가요?"

내 질문에 박진우 연출이 눈을 동그랗게 떴다.

"……아주 잠깐 스쳐 지나가는 문장인데, 그걸 기억하십니까?"

"아, 네. 장면이 인상 깊어서요."

내 말에 박진우 연출의 눈빛이 조금 흔들렸다.

"실은, 여기가 제 고향입니다."

"아?"

"고향을 배경으로 제 이야기를 한번 해보고 싶었습니다. '양치기 청년'의 주인공 허영탁이 본 세계는, 극화로 이용되는 '도구'만 다르지 실상 저의 이야기와 다르지 않습니다."

감독 본인의 이야기, 삼류 양아치의 삶과 젊은 영화인의 삶이 어찌 같겠냐만, 이들이 가지는 더 큰 세계에 대한 욕망과 지리멸렬한 현실을 탈피하고자 하는 욕구는 본질적으로 같다.

인근에서 가장 큰 조직인 '상남파'에 스카웃되는 또래들과 달리, 극의 후반부에서 자신만의 길을 걸어가는 허영탁. 그 과정에서 맞고, 깨지고, 넘어지지만 끝끝내 세상을 향해 통쾌하게 소리친다.

'X발, 내가 나야!'

명문대학교에 입학하고, 수석으로 졸업하며 박사과정을 권유받은 인재인 박진우 감독이 선택한 세상은, 좁은 문턱에 치열한 영화판. 닮은 듯 다른 듯, 허영탁과 닮아 있다.

"최곱니다, 감독님."

그리고 내가 어떻게 연기를 해야 할지도 조금 더 세밀하게 떠오른다.

〈양치기 청년〉은 단순히 허영탁과 박진우 연출에 대한 이야기가 아니다. 나는 이 영화를 통해 이 시대를 살아가는 수많은 '남다른' 사람들을 대변한다. 그리고 그 과정에서 '자신'을 발견하는 것은, 아주 재미난 일일 것이다.

"감독님을 믿습니다."

"저는 도 배우님을 믿습니다."

"하하. 잘 부탁드립니다."

그때, 인근에서 담배를 피우고 있던 차영호를 중심으로 한 30대의 젊은 영화배우들이 내 쪽으로 다가왔다.

나는 최대한 깍듯하게 고개를 숙여 인사했다.

"안녕하십니까."

차영호는 내 인사를 받아주었으나, 첫 만남에서 느꼈던 그

불편함은 여전했다.

"……오셨네요."

대놓고 나를 무시할 수는 없지만 언제든 치고 올라올 '틈'을 노리는 하이에나의 눈이었다.

"우선 분장 받고 오시면, 준비 끝내놓겠습니다."

"알겠습니다."

나는 '희망 다방' 안에 설치된 간이 분장실에 들어섰다. 그리고 분장을 받으며 생각했다.

〈양치기 청년〉 배우 라인에 퍼진 두 개의 반응은 〈청춘 열차〉를 본 사람들과 보지 않은 사람들로 나뉘었다. 내 연기를 본 문성이 형이나 몇몇 여자 단역배우들의 반응은 생각지도 못한 '대형 신인'이 주연으로 왔다고 생각했지만, 그렇지 않은 사람들은 흔히 가지는 '편견'으로 나를 보았다.

'얼굴로 주연하네.'

'L&K라던대? 결국 회사빨 아냐?'

뭐, 그리 틀린 말은 아니다. 두 가지 모두 내가 거둔 성공에 결정적인 역할들을 해왔으니까.

하지만 가장 중요한 한 가지가 빠졌다.

연기력.

단순히 저들보다 조금 뛰어난 인지도 때문에 주연을 한 것이 아님을 이들 앞에서 증명해야 한다.

간질거리는 분장을 모두 마치고 영미 씨가 건네준 옷을 입고 나오니, 모든 준비가 끝난 상태였다.

"도 배우님, 제 옆에 앉으십시오. 리허설 가겠습니다."

"네."

"리허설!"

"리허설 갈게요!"

리허설.

나는 의자를 가져와 모니터 앞에 깔아두고 박진우 연출 옆자리에 앉았다. 동선을 연습한 연출부가 내 대역을 서며 리허설을 시작했다.

"이번 신이 시바이(동선)가 많은 장면이라 풀 샷 하나 쭉 받아 놓겠습니다."

"네."

아침에 찍을 첫 장면.

허영탁은 용의 꼬리 대신 뱀의 머리를 자처하며 자신의 동료들을 끌어모은다. 동료로 모으는 대상들은 모두 빚이 있거나, 돈이 필요하거나, 어딘가 어리숙한 자들로 허점 가득한 인물들이다.

첫 번째 동료가 바로 동네에서 제일 큰 슈퍼의 아들, 그의 약점을 쥐고 협박하는 장면이다.

동선과 카메라 무빙을 숙지한 나는 카메라 앞에 서며 스텝들에게 또다시 인사를 건넸다.

"잘 부탁드립니다."

그러다 차영호와도 눈이 마주쳤다. 그는 다음 신에 등장하기 때문에, 이번 신에서는 카메라에 달려 있는 HDMI 미니모니터로 내 움직임을 주시했다.

이들에게 처음 보이게 될 내 첫 연기.

나는 내 상대역의 배우를 바라보았다. 찰나의 긴장감과 승부욕이 뒤섞인 시선들이 스쳐 지나가고.

"오! 도 배우님 지금 눈빛 좋아요. 바로 가겠습니다!"

이내 박진우 연출의 큐 사인이 떨어진다.

"오디오!"

"스피드!"

"카메라!"

"롤!"

"1-1-1."

"원! 투! 쓰리! 액션!"

"액션!"

스텝들이 동시에 내지른 일갈에 주위가 삽시간에 고요해졌다. 그리고 그 적막을 깨며 잠겨 있는 슈퍼마켓의 철문을 두드렸다.

쾅쾅쾅!

"야, 득춘아! 빨리 튀어나와라."

"……"

"득춘아!"

드르륵.

문이 열리고 득춘이 역을 맡은 배우가 화들짝 놀라며 뒤로 자빠진다.

"어, 엇……. 탁형."

"흐흐흐."

나는 사악한 미소를 지으며 나자빠진 득춘이를 향해 비릿한 미소를 지어 보였다.

여기서 중요한 한 가지는, 정말 사악해 보이면 안 된다는 것이다. 비릿한 표정을 지으려 하지만 어딘가 어설픈 양아치 티가 나야 한다.

나는 주머니에서 사진 한 장을 꺼내 들었다. 읍내의 정비공 '문성이' 형의 여자 친구와 바람이 난 득춘의 얼굴이 찍힌 사진.

"남의 여자 데려다 놀았으면, 티 안 나게 놀아야지."

"허, 헉! 형이 그걸 어떻게……."

"동네에서 벌어지는 일 중에 내가 모르는 일이 어딨니?"

"혁, 형이 무슨 상관이야!"

"왜 상관없어? 내가 있는 한, 읍내서 이딴 추잡한 짓 하는 꼴은 절대 못 보지, 아니, 안 봐."

남의 약점을 붙잡고 협박하는 양아치지만, 마치 읍내의 보안관이라도 되는 양 뻔뻔하게 행동한다. 불안한 시선과 뻔뻔한 시선이 오가고, 득춘이 별안간 나를 밀치며 달아나기 시작했다.

"이 새끼가!"

나 역시 득춘이를 쫓아 달려 나가고 한참을 달리고 나서야.

"오케이!"

"오케이입니다!"

오케이 사인이 떨어졌다.

박진우 연출과 무술 감독, 조연출이 내게 달려왔다.

"풀 샷은 그대로 쓰면 될 것 같은데요? 어차피 잘라서 쓸 거니까."

"좋습니다."

"그럼 다찌마리(액션 신) 전까지 상황 바스트로 받겠습니다."

"바스트요!"

득춘 역할을 맡은 배우의 연기력은 안정적이었다.

하지만 딱 그뿐. 신을 잡아먹을 만한 그릇은 못 되어 보인다. 아니, 오히려 득춘 역할을 맡은 배우 쪽에서 조금 놀란 듯 보였다.

어설픈 악당을 연기하는 '허영탁'과 그 모습을 연기하는 도재희가 만들어내는 시너지, 연기 논란을 불식시키는 바스트 컷, 내게 쏟아지던 불신의 시선이 일순간 수그러들었다.

차영호의 눈도 덩달아 가늘어졌다.

'이상한데.'

마치 그렇게 말하고 있는 듯하다.

"이번엔 다찌마리 갈게요!"

무술 감독이 무술팀 두 명을 데리고 앞으로 나와 간단한 액션 시바이를 보여주기 시작했다.

"콧발로 차시면 안 됩니다. 그러다 갈비뼈 다 나가요. 앞 꿈치로 가볍게 턱! 밀어준다는 느낌만 주시면 돼요. 소리만 크게."

무술팀이 제시한 간단한 동작의 합을 맞추는 것은, 몇 번의 연습이면 충분했다. 영화 액션에서는 보다 큰 동작과 더불어 상대방을 배려하는 몇몇 핀포인트를 잘 잡아야 한다.

그동안 액션 스쿨에서 몸에 슬었던 녹을 빼내며 신체를 단련했던 것이 효과적이었다.

카메라 달리의 움직임에 맞춰 뛰어서 도망치는 득춘이의 뒷덜미를 붙잡고 바닥으로 강하게 내팽개친다.

파악!

그리고 그 위에 올라타 멱살을 움켜쥐며 대사.

"도망가긴 어딜 도망가?"

득춘이 발악한다.

"으아아악! 나한테 대체 왜 이러는 거야? 왜!"

손을 번쩍 들어 입을 때리려는 제스처를 취하다 일순간 멈춰 선다. 그리고 비열하게 웃으며 말했다.

"흐흐흐. 너, 나랑 일 좀 하자."

일이라는 단어에 반응하며 당황하는 득춘.

"일……?"

"오케이!"

"오케이입니다!"

다음에 촬영할 신은 '차영호'를 포섭하는 장면. 비슷한 종류의 여러 신들이 빠르게 교차 편집되며 '패거리'를 꾸리는 허영탁의 모습을 코믹하게 보여주는 시퀀스.

신 내용도 크게 다르지 않다.

방앗간 김 사장에게 빌린 백삼십만 원을 갚지 못해 달아나는 차영호를 미친 듯이 쫓아가 때려주며 '일' 하나 함께하자고 제안하는 내용.

나는 묵묵히 카메라 앞에서 몸을 풀고 있는 차영호를 바라보며 말했다.

"선배님. 잘 부탁드립니다."

내 인사에 차영호가 긴장이라도 한 듯 입술을 깨물었다.

희망 다방의 가파른 돌계단을 미친 듯이 뛰어오른다. 그리고 희망 다방 옥상에서 1m 정도의 좁은 폭의 건물과 건물 사이를 가볍게 뛰어넘는 두 사람, 차영호와 나.

　"크악!"

　착지하며 발을 헛디딘 차영호가 바닥을 구르고, 나 역시 어설픈 동작으로 바닥을 구른다.

　기어서 도망치려는 차영호의 발목을 잡고 그대로 머리로 들이받아 버린다.

　쾅!

　"끅!"

　차영호는 그대로 뒤로 쓰러지고, 숨을 헐떡이며.

　"그러게 도망치긴…… 헥, 왜 도망쳐…… 헥."

　그리고 땀과 먼지로 가득한 얼굴에 만족스러운 미소.

　"오케이!"

　"선배님, 괜찮으십니까?"

　나는 차영호의 손을 잡아 일으켜 세워주며 물었다. 차영호는 이런 내 행동이 조금 당황스러운지, 말을 더듬었다.

　"아, 네."

　그 순간 나는 직감했다, 이제 이들과의 관계에서 주도권이 내게 넘어왔으며, 이 신이 그 분기점이 될 것이라는 사실을.

문성이 형을 포함한 총 4인방의 짧은 신들의 촬영이 하나씩 완료될 때마다, 나를 향했던 의심의 눈초리는 눈 녹듯 녹아내렸다.

'그냥 얼굴만 반반하기만 한 것은 아니네?'

'뭐야, 실력파였어?'

'잘못 봤나.'

그리고 그날 늦은 밤에 들어간 촬영은 졸졸졸 시냇물이 흐르고 주변은 온통 어두컴컴한 갈대밭에 동료들을 한자리에 모아놓고 내가 시답잖은 연설을 하는 장면이었다.

"사는 거 그지같지 않아?"

그리고 이 장면은, 줏대 높은 독립영화 배우들의 이목을 사로잡은 결정적 한 방이 되었다.

"상남파 새끼들이 동네 다 잡아먹고, 돈이란 돈은 죄다 긁어모으는데, 우리는 뭐 없는 개돼지처럼 떨어지는 푼돈만 받아먹고. 양아치 새끼도 아니고 이게 뭐야?"

"방법이 없잖아, 방법이. 상남파가 몇 명인데……."

"……."

문성이 형의 대사에 나는 입을 다물었다.

허영탁, 나이 스물여섯에 제대로 할 줄 아는 거라곤 하나도 없는 삼류 양아치지만.

"X발! 그래도 남자 존심이 있지, 존심이!"

자존심은 더럽게 세고, 쓸데없이 정은 많다.

"이 동네가 누구 거야? 어, 누구 거야? 득춘이! 말해 봐."

"우리…… 거."

"그래! 우리 거라고. 상남파! 그 상도덕도 없는 새끼들이 우리 구역 침범한 거라고. 니들은 존심도 없냐?"

"근데 형…… 원래 상남파 들어가고 싶어 하지 않았어?"

"……."

득춘이의 질문에 나는 또 입을 다물었다.

마똥, 동구, 희철.

또래 친구들은 죄다 옆동네 조직인 상남파에 스카웃되어 이 근방 지역을 모두 흡수하고 마치 왕이라도 된 듯 행동하고 있다. 그 모습이 부러워 한때는 술에 잔뜩 취해 상남파에 들어가고 싶다고 징징거린 일이 있었지만, 이럴 땐 모르쇠로 일관하는 게 장땡이다.

"×발 놈이!"

내가 손을 들어 올리자 득춘이 거북이처럼 목을 움츠렸다.

"언제 적 일을 가지고…… 시끄럽고, 이제부터 우리 동네는 우리가 먹는다."

"……뭐?"

"어떻게!"

"형! 상남파랑 붙겠다는 거요?"

지레 겁먹은 4인조의 반응에 오히려 당황하는 나.

자, 조금 고민해 보자.

우리는 다섯 명. 저기는 최소 오십 명. 싸움이 되나 안 되나. 아아, 머리 아프다. 그러니 고민 하지 말자.

"소크라테스가 그랬잖아. 배고픈 개로 살래? 아니면 이 악물고 사람답게 한 번 살아볼래?"

"배부른 돼지겠지……."

"이이이! 하자면 하는 거지 무슨 잔말이 이리 많아! 득춘이, 너 이 새끼! 지금 당장 삼자대면 한번 해봐?"

문성이 형의 여자 친구와 바람난 득춘은 이 자리에서 유혈 사태가 일어날 수 있는 일촉즉발의 상황은 피하고 싶었는지 세차게 고개를 내저었다.

나는 혀를 차며 말했다.

"주접들 그만 떨고. 그럼, 하는 거다?"

마지막, 허세 가득한 내 얼굴 타이트 바스트, 그리고 고민하는 기색이 역력한 4인조의 그룹 샷.

"하자고!"

내 외침에 득춘이가 호흡을 그대로 받아먹으며 자리에서 벌떡 일어났다.

"에이잇, 그래. 해보자!"

"어차피 똥개처럼 살 바엔, 못 먹어도 고다!"

"하자아아!"

마지막, 드럼통 안에서 홀로 외롭게 불타오르는 불길 인서
트 컷과 지미집으로 찍은 넓은 풀 샷이 붙여지니 그렇게 애처
로워 보일 수가 없다.

편집 영상 감상을 마친 나는 고개를 끄덕이며 옅게 미소 지
었다.

"진짜 찌질이들 같네요."

내 한 마디에 주변 스텝과 배우들이 웃음바다가 되었다.

"푸하하하!"

"큭큭큭, 맞아요. 어떻게 이렇게 맛깔나게 살리시지?"

내가 말했다.

"감독님 덕분이죠."

기본적으로 카메라 각도에 따라 인물의 감정이 다르게 느껴
진다. 인물을 아이 레벨(눈높이)에 맞추지 않고 위에서 밑으로
내려찍으면 관객이 주인공을 아래로 내려다보는 느낌을 받는
데, 이는 강자가 약자를 바라보는 효과로 보이게 된다. 즉, 카
메라 각도만으로 감독이 관객의 시선을 알맞게 유도할 수 있
는 것이다. 바로 지금처럼.

박진우 연출의 실력은 훌륭했다. 컷들의 배치를 어떻게 해야 조금 더 잔인해 보일지, 코믹해 보일지 모두 알고 있다. 또 편집 때 쓰겠다며 불필요한 소스를 여러 개 찍어두는 현장과는 달리, 정말 '필요한 컷'만 찍는다.

그 말은 감독이 이 신을 통해 관객에게 어필하고자 하는 메시지가 확실하다는 뜻이다.

"역시, 박진우 감독님!"

내가 호들갑을 떨자, 박진우 연출이 쑥스러운 듯 손사래를 치며 내게 공로를 돌렸다.

"으아…… 부끄럽게. 아닙니다. 저는 다 된 밥에 숟가락만 올렸을 뿐입니다. 배우님들이 다 살리셨죠."

박진우 연출의 칭찬에 오히려 스텝들 쪽에서 박수가 터져 나왔다.

"도 배우님, 역시!"

"완전 연기 깡패십니다! 배역 그 자체 아닙니까?"

"캐릭터 완전 찌질한데, 은근히 눈빛은 멋있는 거 알아요? 매력 도졌다."

"오! 나만 본 거 아니지? 도 배우님, 큐 사인 떨어지면 눈빛 완전 바뀌시는 거?"

기류도 바뀌었다, '확신'으로.

비단 이런 감정을 느끼는 사람은 스텝들뿐만이 아니었다.

문성이 형은 자기 일처럼 기뻐해 주었고, 숙소로 돌아가지 않고 자리를 지키며 모니터를 바라보던 여자배우들은 나를 '애틋한' 시선으로 바라보았다.

"……."

조금 위험한 눈빛들이다.

"자, 수고하셨습니다!"

첫날의 마지막 촬영이 끝나니 벌써 시간은 새벽 1시가 넘었다. 이제 숙소로 돌아가 쪽잠을 자고, 내일 또 촬영해야 하는 4박 5일의 빡빡한 일정이 피곤할 법도 한데 이대로 끝내기는 아쉬운 듯 배우 한 명이 내게 술자리를 제안했다.

"그러지 말고 어디 가서 한잔하시죠?"

술자리를 제안한 사람은 다름 아닌 차영호였다.

"예?"

"크흠. 술 한잔하시죠. 어차피 저희 내일 오후 촬영이던데."

"……."

이 사람, 나 싫어하는 것이 아니었나?

하지만 나는 티를 내지 않고 최대한 밝게 웃으며 대답했다.

"알겠습니다. 선배님."

근방의 술집이 대부분 문을 닫아서 숙소에서 먹기로 했다. 안주는 편의점에서 조달했고, 술은 따로 사지 않았다.

차에 넘치는 것이 소주니까.

"아니! 무슨 술을 이렇게 많이!"

나는 아예 소주 한 박스를 통째로 들고 숙소로 들어섰다. 재익이 형은 뒤따라 들어오며 안주가 가득한 봉지를 내려놓고 밖으로 나갔다.

차영호가 안절부절못하는 얼굴로 말했다.

"이런, 제가 먹자고 했으니 제가 샀어야 하는데."

"하하. 아닙니다. 제가 먼저 대접해 드렸어야 하는데 오히려 늦었습니다. 편의점 음식뿐이라, 죄송합니다."

"……."

차영호는 내 말에 기묘한 표정을 짓더니 고개를 숙였다. 그러고는 짐짓 헛기침을 하며 말했다.

"흠흠. 거 참, 미안합니다. 제가 도 배우를 오해했어요."

나는 과자봉지를 까서 하나로 모으고, 종이컵에 소주를 따르며 짐짓 모르는 척 되물었다.

"네?"

"일단…… 한 잔 할까요."

차영호가 종이컵을 들어 올렸다.

"건배합시다."

턱턱.

종이컵 부딪히는 소리만이 울렸다.

늦은 새벽, 창밖에 그 흔한 가로등도 몇 개 없는 황량한 분위기에 열악한 모텔 숙소 바닥에서 먹는 과자에 깡소주였지만 이것도 나름의 분위기가 있다.

무명 시절에 자주 먹던 단골 메뉴가 아니던가.

이거, 오랜만인데.

소주 한 잔을 기분 좋게 넘기며 과자를 집어 들었다. 그러자 차영호가 머쓱한 듯 뒷머리를 긁적이며 말했다.

"처음엔 도 배우를 오해했어요. 얼굴이랑 회사빨로 들어온 신인이라고."

그러자 득춘 역을 맡은 배우도 한마디 거들었다.

"사실…… 저도요. 죄송합니다. 그런데 오늘 연기하시는 거 보니까, 이게 웬걸? 눈이 크게 뜨였습니다."

"허영탁 캐릭터가 은근히 독특한 캐릭터에 수준 높은 연기력이 요구되는 배역이라, 도 배우 마스크만 보고 절대 소화 못할 것이라 생각했어요. 제가 식견이 짧았던 거죠. 물론, 지금은 깊게 반성하고 있습니다."

이 사람들, 천성이 나쁜 사람들은 아니다. 나는 오히려 이렇게 솔직하게 자신의 감정을 고백해 주니 고맙다는 생각이 먼저 들었다.

나를 물어뜯기 위해 이를 드러냈던 하이에나들, 하지만 사소한 '오해'가 풀리자 이빨을 감추고 바로 잘못을 사과한다.

나는 선택해야 했다, 이들과의 관계에 대해서.

하지만, 이미 정해진 것이나 다름없다. 나는 이들 모두를 품고 작품의 '완성'만을 목표로 달려가야 하는, 주연배우다.

"제가 아직 부족한 점이 많습니다. 앞으로 잘 부탁드리겠습니다."

잘 지내는 것이 여러모로 좋다. 주연이지만 동시에 신인인 내가 먼저 고개를 숙이자, 차영호를 포함한 배우들의 표정이 밝아졌다.

이렇게까지 나오는데, 누가 싫어할 수 있을까.

그때, 문성이 형이 옆에서 거들었다.

"그동안 분위기가 좀 머쓱해서 아무 말 안 했는데…… 이 친구, 제가 좀 아는데요. 누구보다 무명이 길었던 친굽니다. 아마 오해하셨던 그런 놈은…… 절대 아닙니다."

결정타였다. 모든 신인배우들의 폐부를 찌르는 한 마디 '무명', 이 설움을 모르는 배우는 절대 이들의 고충을 이해할 수 없다.

"무명이…… 길었어요? 안 그렇게 보이는데."

"길지는 않습니다. 대학 생활과 군 생활을 제외하면 3, 4년 정도 된 것 같습니다."

"아……."

"이제 아주 조금씩, 주목을 받기 시작했습니다. 다행히도 작품을 잘 만나서요."

"그…… 드라마 하셨다던?"

"네."

장내의 모든 배우의 시선이 조금 따뜻해졌다.

내가 생각만큼 건방진 놈이 아니라는 안도감, 내가 자신들과 별반 다르지 않은 배우라는 것에 대한 동질감 등 여러 가지가 뒤섞였지만, 이전보다는 충분히 호의적이다.

그때 문이 열리며 박진우 연출이 숙소 안으로 들어섰다.

"으으, 춥다. 이런! 벌써 시작하셨군요? 늦어서 죄송합니다!"

"아이고! 감독님. 왜 이렇게 늦으셨습니까?"

"배우님들이야 오전에 푹 주무셔도, 저는 네 시간 뒤에 일어나 촬영해야 하니까요. 술 한 잔 얻어 마시고 바로 잘 준비하느라 늦었습니다. 하하!"

박진우 연출이 넉살 좋게 웃으며 옆자리에 비집고 들어와 앉았다. 그리고 소주 두 잔을 연거푸 들이마시더니, 피곤한 듯 눈을 비볐다.

"아이고. 더 마시고 싶지만 너무 피곤해서 이만 가봐야 할 것 같은데요."

하지만 결국 박진우 연출은 자리에서 일어나지 못했다.

쿵쿵쿵!

방문을 두드리는 소리가 들려왔다.

"······누구지?"

"제가 나가보겠습니다."

내가 자리에서 일어나 숙소 방문을 열자 재익이 형이 양손 가득 흰색 봉지를 들고 서 있었다.

"형?"

"술자리 아직 안 끝났지?"

"네."

"감독님은?"

"안에······ 계세요."

"그래? 잘됐다."

그러고는 안으로 들어서며 과자 봉지를 옆으로 치우고 들고 온 흰 봉지를 바닥에 내려놓았다.

"아니, 황 매니저님. 이게 다 뭡니까······?"

박진우 연출의 질문에 재익이 형이 말했다.

"국밥입니다."

"예?"

"인근 가게가 문을 닫아서······ 조금 멀리서 사오느라 늦었습니다."

"이 늦은 시간에······."

재익이 형이 머쓱하게 말했다.

"내일도 촬영해야 하는데, 과자로 소주 드시면 속 버리지 않겠습니까."

역시, 베테랑 매니저. 어떤 자리에 무엇이 필요한지 정확하게 캐치하고 있다.

"매니저님…… 소주도 잔뜩 싣고 다니시질 않나. 준비성이 정말로……."

"허허, 그러게요. 무슨 요술 주머니 같습니다."

"이거 촬영 기간 동안 술은 원 없이 마시겠습니다. 하하!"

재익이 형이 언젠가 내게 물었던 질문이 떠올랐다.

'그래. 텃세 같은 거는 없어 보였어?'

아마 배우들 틈에서 내가 고생하고 있지는 않을까 걱정되어 한 행동일 것이다. 조금이라도 내가 잘 보였으면 하는 마음에. 조금이라도 내가 편안한 촬영장을 만들기 위한 마음에.

거기다 감독님까지 오셨으니, 더할 나위 없는 나이스 패스다. 굳이 자신이 할 필요도 없는 일이지만, 이것으로 내 점수가 함께 더해지는 것은 말할 것도 없다.

박진우 연출은 김이 모락모락 나는 소머리 국밥을 물끄러미 바라보며 중얼거렸다.

"이런, 이거…… 조금 더 마셔야겠는데요?"

"하하하!"

나는 웃으며 재익이 형을 바라보았다.

이런 매너저, 또 어디 있을까.

"형, 고마워요."

"짜식이…… 됐고. 내일 촬영에 지장 있을 정도로는 먹지 말고."

엄마 같은 잔소리도 잊지 않는다.

나는 픕, 하고 크게 웃어버렸다.

아이 참, 나 어린 애 아니라니까.

어우, 속이야.

조금 느지막하게 자리에서 일어났다. 뜨끈뜨끈한 온돌 바닥 덕분에 잠은 푹 잤지만, 입안이 말라버려 텁텁하다.

낡은 미니 냉장고에서 냉수를 꺼내 벌컥벌컥 들이켰다.

"크!"

시간은 오전 아홉 시 이십 분.

숙소에서 촬영 현장까지 차로 3분 이내에 도착하기 때문에 따로 콜 타임은 받지 않았지만, 대충 내 차례가 몇 시인지는 들어서 알고 있다. 아직 2시간은 여유 있다.

하지만 나는 씻고 머리만 말린 뒤 곧바로 숙소 밖으로 나섰다.

'차를 멀리해. 그럼 오래가.'

〈피서〉임명한 선생님의 말씀은 짧지만 많은 의미를 내포
하고 있다. 현장에 미리 나와 공기를 마시며 스텝들과 함께 호
흡하고, 스스로가 중요한 부품이 아니라 톱니바퀴 중 아주 작
은 나사 하나일 뿐이라고 이야기하시던 그 모습, 이제 노년을
향해가는 원로배우가 영화 현장을 어떻게 지켜왔는지 알려주
었던 모습이다.

내가 쫓아가야 할 롤 모델.

배우가 별건가?

현장에서 중요하지 않은 사람은 단 한 명도 없다.

"음."

나는 재익이 형을 깨울까 고민하다 조금 더 자게 내버려 두
는 쪽을 택했다.

피곤할 텐데.

하지만 혼자 모텔 계단을 터벅터벅 내려가다, 모텔 입구에
서 검은 봉지를 들고 들어오는 재익이 형과 딱 마주쳐 버렸다.

"웅, 벌써 일어났어?"

"형은요? 더 주무시지."

"나야 차에서 자면 되니까. 근데 어디 가?"

"음, 산책 좀 하려고요."

그러자 재익이 형이 알 것 같다는 듯, 빙그레 미소 지으며 손에 들고 있는 검은 봉지를 흔들어 보였다.

"아침 먹고 같이 가자. 태워줄게."

커피에 토스트.

아침부터 생각지도 못한 호사를 누리고 현장에 도착했다.

"왜 벌써 오셨어요?"

내게 쏜살같이 다가와 속삭이듯 묻는 조연출에게 나는 장난스럽게 웃어 보였다.

"잠이 안 와서요."

그러고는 입술에 검지 손가락을 대고 살금살금 모니터 뒤로 다가갔다.

모니터에서는 읍내에 들이닥친 '상남파'의 건달들이 카메라를 잡아먹을 기세로 눈빛을 빛내고 있었다.

오, 몰입도 좋은데.

"오케이! 휴대전화 인서트 따겠습니다!"

나는 그 모습을 흐뭇하게 지켜보다, 자리에서 일어나는 박진우 연출과 눈을 맞추었다.

"어라, 도 배우님? 언제 오셨습니까."

"조금 전에 왔습니다."

"벌써요? 아직 신 들어가려면 멀었는데……."

"촬영하는 거 보고 싶어서 왔습니다. 저 신경 쓰지 않으셔도 됩니다."

'상남파' 배우들, 촬영 감독님, 스텝들과 인사를 나누었다. 그리고 현장 근처를 거닐며 함께 호흡했다.

조금 일찍 분장실로 들어가 분장도 받고, 시원한 공기를 들이마시며 몸을 풀었다. 이따금 카메라 뒤에서 배우들의 움직임을 직접 보며 감독과 호응하기도 했다.

조금 미련하게 보일지도 모르지만, 주연이 작품에 온전히 몰두한다는 인상을 스텝과 조연들에게 심어주고 싶었다.

30년 넘게 롱런한 원로배우의 입에서 나온 말이니, 그리 쓸데없는 짓은 아닐 것이다.

"하! 끝났습니다."

연출부가 아닌 박진우 연출이 직접 내게 다가왔다.

"점심 식사하고 진행하려는데, 식사하러 가시죠."

"네."

식당은 현장에서 그리 멀리 떨어지지 않은 매생이집이었다. 점심 식사 후에 바로 오후 촬영을 진행한다는 공지가 돌았는지, 차영호를 비롯한 배우들이 느지막하게 식당으로 들어섰다.

"안녕하십니까!"

"아, 푹 주무셨습니까?"

그리고 식당 한 테이블에 모여 앉아 저마다 쓰린 속에 맑은 국물을 떠먹더니, 금세 표정이 밝아진다.

"크아! 시원하다. 속이 한방에 풀리네요."

"처음에는 4박 5일이라서 시골에 유배 내려오는 느낌이었는데, 이거 공기도 좋고 지낼 만한데요?"

"그렇죠? 음식이 너무 맛있어요."

좁은 식당에 가득 찬 배우들과 스텝들 덕분에 사장님은 연신 싱글벙글했다.

나 역시 매생이를 한가득 입안에 밀어 넣었다. 자극적이지도 않고 시원한 게 딱 좋았다.

그때, 나를 보며 건너편 테이블에 앉은 차영호가 물었다.

"그런데 재희 씨는 언제 왔어요? 의상까지 입으셨네?"

분장을 마치고 의상까지 입고 있는 내 모습, 내가 입을 열려던 찰나, 박진우 연출이 먼저 대답했다.

"전 신 촬영할 때 오셔서 '상남파' 배우들과 인사까지 다 끝냈습니다."

조연들의 눈빛이 조금 바뀌었다.

"오!"

"그렇게 빨리?"

박진우 연출이 흐뭇한 듯 고개를 끄덕였다.

"정말 부지런하지 않습니까?"

나는 잠시 고민했다.

이거, 저들 입장에서 되게 얄미워 보이는 짓인가?

하지만 괜한 기우인 듯 보였다.

차영호가 뒷머리를 긁적이며 말했다.

"이거 반성하게 되네요. 우린 놀러 온 게 아닌데 말이죠."

"그러게 말입니다."

"그럼, 저는 먼저 일어나 분장 받으러 가겠습니다."

이들에게 나는, 더 이상 '얄미운 주연'이 아니었으니까.

솔선수범.

현장 분위기를 만드는 것은 사람이다. 강압적이지 않고, 부드러운 분위기를 만드는 것은 '실력'이다. 의도한 것은 아니었지만, 나는 주연으로서 어느 정도 실력을 드러낸 셈이다.

은근히 저들에게 물은 것이다.

'나는 이 작품에 내 커리어를 걸었어. 너는?'

역시, 베테랑의 조언은 가치가 있다.

··· 4장 ···

제대로 한번 붙어보죠

4박 5일의 〈양치기 청년〉 촬영이 무사히 끝났다.

그동안 경쟁이라도 하듯 현장에 일찍 나오는 것은 일종의
놀이가 되었다.

"오늘은 늦으셨네요?"

"아앗! 내가 제일 먼저 온 줄 알았는데!"

분위기는 시종일관 유쾌함을 유지했다. 촬영이 끝나면 매일
같이 술을 마셨고, 서로 형, 동생 하며 친해지고 나니, 아지랑
이처럼 피어오르던 나에 대한 불신은 모두 사라지고 없었다.
배우들은 어느새 나를 깊이 '신뢰' 하고 있었다.

"재희야."

"네?"

"형은, 진짜 요즘만 같았으면 좋겠다."

재익이 형의 가장 큰 바람은, 아무런 사건 사고 없이 촬영장이 순탄하게 흘러가는 것이다.

요즘이 정확히 그랬다. 사건, 사고가 끊이질 않는 촬영 현장에서, 이렇게 분위기 좋은 현장은 매니저에게 천국과도 같을 것이다.

나 역시 똑같은 생각이다.

그래. 앞으로도 요즘만 같아라.

하지만 결론적으로 이건 내 욕심일 뿐이었다. 잠시 잊고 있었지만, 이 바닥은 그리 따뜻한 곳이 아니다.

정글과도 같은 세계에서 '평화'는 아주 짧게 스쳐 지나가는 '사치'이고, 언제 어디서든지 나를 잡아먹으려는 괴물들로 득실거린다.

'나, 요즘 좀 괜찮은데?'

속으로만 삼켰던 이 자만심이 배 밖으로 튀어나왔을까.

세상은 아직 내게 '핏덩어리'라고 말하고 있다. 조금만 더 익히라고. 너는 아직 멀었다고. 계속해서 내게 말하고 있다.

"맞다. 좀 전에 '피셔' 조연출이 그랬는데, 오늘 '증권가K' 역할 있지? 그 역할 특별 출연으로 바뀌었다고 하더라."

"어? 그거 배우 따로 있지 않았어요?"

"사정이 있어서 바뀌었데."

사정? 피치 못할 사정으로 인해, 예정되어 있던 배우가 갑자기 다른 배우로 바뀌었다.

"누구로요?"

"윤민우."

〈피셔〉의 최대 투자기업 JW미디어 산하, JW엔터의 소속 배우.

마치 게임과 같다. 한판이 끝나면 다음 판 보스가 어디선가 튀어나온다.

영미 씨는 윤민우의 열혈 팬이라도 되는 듯, 두 손을 모으며 중얼거렸다.

"윤 프린스의 실물을 영접하다니, 무한 영광!"

그리고 '윤 프린스'라고 불리는 윤민우는, 〈피셔〉 여자 스텝들의 비명을 몰고 다녔다.

"대박, 잘생겼어!"

"으으. 어떻게 사람 피부가 저렇게 곱지?"

윤민우, 별명은 윤 프린스. 백옥과도 같은 피부에, 여자도 울고 갈 곱상한 외모의 남자배우로 '급'을 구분 짓자면, L&K의 임주원 이상의 주가를 올리고 있는 초대형 신인이다.

2015년 데뷔와 동시에 귀공자를 닮은 고운 외모로 유명세를 떨쳤고, KTN의 주말드라마에서 30, 40대 여성 팬층을 두껍게 쌓았다. 이후 굵직굵직한 영화에 조연으로 출연하며 필모를 쌓아가더니, 얼마 전에는 〈청춘 열차〉의 경쟁작이던 〈랜선 사랑〉을 통해 주연으로서 굳건히 올라섰다.

이미 신인이라 부르기도 민망할 만큼 빠른 성장세를 보인 배우로, 2018년 가장 기대되는 배우로 손꼽히며 내 이름과 함께 오르내린다.

확실한 것은 나보다 경력도 탄탄하고 인지도도 높다.

"안녕하세요. 한만희 감독님! 신인배우 윤민우라고 합니다."

"아, 얘기 들었어요. 엄 부장님한테."

윤민우가 〈피서〉에 '특별 출연'으로 등장하며, 먹이사슬이 견고하게 자리 잡고 있던 〈피서〉의 생태계를 파괴하기 시작했다.

놈은 일종의 두꺼비다, 황금을 물고 있는 금 두꺼비.

왜냐고?

그는 〈피서〉의 최대 투자기업 JW미디어에서 창립한, JW엔터의 소속이다. 즉, '투자자'라는 빽을 두고 있다.

"아이고, 감독님. 잘 찍고 계십니까?"

윤민우의 뒤를 따라 들어온 덩치가 커다란 남자는 185cm는 될 법한 큰 키와 터질 듯한 근육을 세련된 정장으로 감추고 있었다.

위압적인 덩치와 강압적인 눈빛을 가지고 있는, JW미디어의 투자 대표 엄 부장을 본 한만희 감독의 이마가 조금 꿈틀거렸다.

"……엄 부장님."

투자 대표와 감독의 만남은 이상하게도 오랜만에 모인 동창회에서 반갑지 않은 동기를 만나기라도 한 듯, 분위기가 얼어 있다. 차가우면서도 불손한 기운이 감돈다.

엄 부장이 한만희 감독에게 말했다.

"잠시, 얘기 좀 하실까요?"

"지금은 촬영이 바빠서."

"커피차도 불렀습니다. 저랑 '대본' 얘기 좀 하면서 쉬었다가 촬영하시지요."

엄 부장과 한만희 감독은 멀찍이 서서 대화를 나누기 시작했다.

자, 정리해 보자.

투자자가 자기 회사 배우 한 명을 투자 영화에 꽂았다. 단지 그뿐이다. 투자자의 촬영장 방문은 그다지 대수롭지 않은 일이고, 투자자가 배우를 꽂아주는 일도, 흔한 일이다. 그리고 특별출연 '증권사K' 역할은 그다지 비중이 있는 역할도 아니다.

근데, 왜 이렇게 심각할까.

"……."

투자자가 은근히 내 쪽을 흘깃거리는 것은, 나만의 착각일까?

아니다.

엄 부장의 언성이 조금 높아졌다.

"감독님. 제가 누누이 말씀드렸잖아요. 조연 중에서는 저희 '민우'가 제일 빛났으면 좋겠다니까요?"

무슨 일일까?

"여기에 들인 돈이 얼만데, 생판 얼굴도 모르는 신인한테 몰아주면 어떡합니까? 제 체면도 있지."

엄 부장이 손가락으로 '정확히' 나를 가리켰다.

"캐릭터를 없애자는 것이 아닙니다. 다시 찍자는 것도 아니에요. '망고' 대사에 멋있는 대사가 많던데, 조금만 나눠서 우리 민우한테 주자는 거죠."

역시…….

JW미디어의 투자 대표는 '특별 출연' 윤민우와 함께 〈피셔〉 촬영장을 찾았다. 제 딴에는 얼마나 잘 찍고 있는지 확인할 겸, '윤민우'의 어깨에 힘을 실어줄 겸 해서 방문한 촬영 현장. 그런데 막상 실상을 들여다보니 생각보다 '윤민우'의 촬영 비중은 크지 않았고, 어느새 조연에서 가장 빛나는 역할이 되어버린 '내' 모습이 배알이 꼴렸던 것이다.

한만희 감독이 눈에 쌍심지를 켜며 말했다.

"대사를 나눠요? 그걸 누가 정합니까?"

"······예?"

"지금, 갑질하시는 겁니까?"

하지만 엄 부장은 조금도 당황한 기색이 아니었다.

"갑질이라뇨? '인지도'가 민우가 월등하니까, 우리 민우가 조금이라도 대사를 많이 하는 게 맞지 않나 해서 드리는 말씀입니다."

하지만 한만희 감독도 완고한 입장을 굽히지 않았다.

"대사 몇 마디가 문제가 아닙니다. 캐릭터가 달라진다고요. 그러면 다 틀어지는 거 모르십니까?"

투자자들이 너도나도 다음 작품을 함께하자는 '천만' 감독 한만희 역시 물렁한 사람은 아닌 것이다.

"감독은 접니다! 사람 무시해도 정도가 있지, 배우 면전에 두고 이 무슨······."

둘의 언쟁이 제법 길게 이어졌다. 그때, 윤민우가 내게 다가와 말했다.

"이거, 정말로 미안합니다."

하지만 얼굴은 그리 미안해 보이는 표정이 아니었다.

뭐랄까.

"엄 부장님한테 그러지 말라고 얘기하긴 했는데······ 제 말을 안 들으시네요."

속 빈 강정처럼, 어딘가 비어 있는 느낌이다.

"아닙니다……."

나는 괜찮다고 말하고 쿨한 척 입꼬리를 올리며 웃었지만, 내 목젖을 자꾸만 찌르는 '가시'가 나를 불편하게 한다.

물론, 단순한 과대망상일지도 모르지만, 나는 왜 모든 일이 저놈 머리에서 나왔다고 느껴질까. 왜 저 순진한 얼굴이 뱀처럼 느껴질까.

"걱정 마세요. 저는 재희 씨 대사, 욕심 없어요. 재희 씨가 하시게 될 거예요."

괜히 나를 견제하고, 내 심기를 거스르고 싶어서 안달 난 놈처럼 행동할까.

윤민우의 입꼬리가 미묘하게 뒤틀렸다.

"……아마도."

아마도? 어쩐지……. 요새 좀, 평화롭더라니.

욕이라도 한 바가지 퍼붓고 싶은 욕구를 간신히 참아냈다. 이제껏 〈피서〉 스텝들에게는 모자란 내 인지도와 실력에 대한 의문을 모두 잠재웠다고 생각했다.

하지만 투자자는 다르다. 연기력 따위는 관계없이, 돈을 많이 들였으니 자기 배우를 더 크게 집어넣겠다고 생떼를 부린다.

빌어먹을 인지도.

나는 말이 안 통한다는 얼굴로 고개를 젓고 있는 한만희 감독과 눈이 마주쳤다.

'양보해?'

아니, 내가 왜 두 눈 멀쩡히 뜨고 내 밥그릇을 뺏겨야 하는데?

나는 앞으로 튀어나갔다. 그 다음 행동은, 충분히 충동적이었다.

"감독님. 그냥 둘 다 찍으면 안 되겠습니까?"

모두의 앞에서 칼을 뽑아 들었다.

내가 대학로에서 상업극을 하던 시절 이야기를 짧게 해보려고 한다. 지금 돌이켜 본다면, 무명 배우들에게 대수로울 것도 없는 흔한 이야기지만, 오늘 내게 일어난 이 사건과 매우 흡사하다. 그 당시의 내 가치는 오로지 하나였다.

'돈보다는 연기.'

가끔 이 가치관이 나를 힘겹게 할 때도 있었지만, 당시의 나는 가난을 젊음이라는 핑계로 견디며 돈 안 되는 '연극'에 몰두했다. 단연코, 돈이 나를 궁지로 몰지는 않았다.

내 연극을 궁지로 몰아넣은 것은, 다름 아닌 '사람'이다.

"사실 좀 애매하잖아."

"……예?"

"그렇잖아. 너도 대본 봤을 거 아냐, 느끼는 거 없어?"

가장 힘든 순간은 타인이 배우로서 내 정체성을 의심할 때, 그리고 '나'라는 배우를 함부로 규정지을 때다.

"나 참, 너도 눈치가 있으면 좀 봐라. 남자배우라고 딸랑 두 명 나오는데. 어? 너는 경력도, 연기력도 죄다 애매하잖아."

내가 대학생 시절부터 몸담으며 방학이건 학기 중이건 충성을 다해서 몸 바쳤던 대학로 상업극단에서 들었던 말이다.

'넌 아직 아니야.'

잘생겼으니 '주연' 시켜주겠다고 꼬드길 때는 언제고, 애매한 연기력, 애매한 경력이라고 말하며 기회를 주지 않는 대표의 뻔뻔한 태도에 열불이 났다.

"대표님이 4개월 전에 그러셨잖아요. '러브 롤러코스터' 민웅 역할은 제가 딱이라고. 연기하게 해 줄 테니까, 조금만 더 도와달라고."

"뭐야, 지금 그때 일을 따지는 거야?"

"그런 게 아니잖아요."

"어휴, 그래. 솔직히 그때는 그렇게 말했어. 상업극에서 남자 주인공은 연기 좀 못해도, 어? 반반하게 생기기만 하면 되니까. 그래서 웬만하면 너 시키려고 했어. 근데, 지금 상황이 바뀌었잖아. 알잖아? 쟤가 들어왔다고!"

대표가 가리킨 사람.

마치 이런 조그만 소극장은 처음 들어와 본다는 듯, 어리둥절한 눈으로 극장을 둘러보고 있는 남자였다. 장점이라고는 조금 반반하고 귀엽게 생겼다는 것 정도가 다였다.

대표가 흥분한 듯 소리 질렀다.

"아이돌이야, 아이돌!"

그룹 제피스의 윤호라고 했던가. 방송에서 이름 한 번 들어본 적 없는 남자 아이돌 그룹의 멤버다.

앨범은 내는 족족 망했고 팬덤도 희미한, 존재감 없는 3년차 남성 6인조 그룹에서도 인지도가 가장 떨어지는 멤버, 이제고작 스물한 살, 연기라고는 한 번도 해본 적 없는 생판 초짜 중의 초짜였다.

"……."

저 아이돌을 상업극 판에 끼워 넣은 기획사 입장도 이해는한다. 돈을 억대로 쏟아부은 아이돌 그룹이 쫄딱 망했으니, 기획사 입장에서는 얼마나 뽑아낼 곳이 없으면, 이런 조그만 대학로 상업극 판에까지 끼워 팔겠는가.

저 자식의 연예계 생활은 이미 끝물이라는 거다. 그런데 더화가 나는 것은, 대표는 저런 애를 자기 작품의 주인공으로 시키겠다는 거다. 저런 핏덩이에게.

4년제 연극영화과 다니며 대학생활 내내 극단에 몸 바쳤던내가, 연기라고는 해본 적도 없는 저 '끝물'에게 밀렸다.

"쟤네 기획사에서 팬들한테 표도 팔아주고, 어? 이번 기회에 아예 배우로 키워보겠다고 하잖아. 얼마나 정성이냐?"

"……."

"남주 연기야 너도 알다시피 거기서 거기니까, 좀만 가르치면 웬만큼 할 거야. 그러니까 네가 쟤 연기 지도 좀 도와주고, 어? 이번에는 조명 오퍼(스텝)하고, 다음 작품에서 너한테 맞는 역할 한번 찾아보자고. 내 말, 이해하지?"

내 대답은 거절이었다.

웃기고 있네. 지랄 맞은 새끼.

연기력이 좋으면 '언젠가 뜰 여지가 있는' 배우가 되지만, 인지도가 높으면 '바로 팔리는' 배우가 된다는 불편한 사실을 그때 깨달았다. 나는 그 뒤로 상업극을 하지 않았다.

대학 졸업 후, 내 인지도를 높이기 위해 L&K에 들어가 기나긴 무명 시절을 보냈다. 그리고 이제 첫발을 내디뎠고, 여기까지 왔다.

그런데 빌어먹을 '인지도', 그걸 얻기 위해, 나름대로 열심히 달려왔다고 생각했는데, 이제는 제법 팔리는 배우가 되고 있는 줄 알았는데, 인지도가 또 한 번 내 발목을 잡고 있다.

'너, 아직 덜 익었어.'

그래서 나는 아예 직구로 승부를 보기로 했다.

"아……!"

내가 던진 직구에 맞은 재익이 형이 멀리서 이마에 손을 얹으며 탄식을 내뱉었지만, 내 시선은 오로지 한만희 감독과 엄부장에게 향했다.

"저도 찍고, 민우 씨가 제 대사 가져간 버전도 찍고. 둘 다찍어서 괜찮은 걸로 쓰시면 안 되겠습니까? 물론, 선배님들 허락을 구해야겠지만요."

"둘 다?"

싸우지 말고 두 명 다 찍고, 잘한 놈을 뽑자.

엄 부장의 얼굴이 조금 험상궂게 변했다. 마치 '주제 파악이나 해라!'라고 말하고 싶은 듯 보였지만, 차마 입을 열지는 못했다. 조승희가 옆에서 거들었기 때문이다.

"나쁘지 않은데요?"

진지한 얼굴로 말했다.

"여기서 제일 중요한 건 대사를 누가 하냐는 문제가 아니라두 분의 의견이 계속 갈리고 있다는 거죠. 엄 부장님도 이런상황, 달갑지 않으실 텐데요?"

처음에는 '자존심' 좀 세워달라는 의미의, 투자자의 가벼운제안이었을지도 모른다.

'돈 많이 썼으니, 내 배우 좀 좋게 봐줘.'

하지만 생각보다 한만희 감독이 뻣뻣하게 나오자, 엄 부장역시 오버하며 속으로 애가 탔을 것이다.

조승희의 시선이 한만희에게로 꽂혔다.

"물론, 선택은 감독님 몫이지만."

한만희 감독이 물었다.

"승희 씨는 괜찮습니까?"

조승희가 고개를 끄덕였다.

"뭐, 두 번 찍는다고 돈 드는 것도 아닌데요. 스케줄에 차질만 없다면 저는 괜찮습니다."

한만희 감독의 표정이 복잡해졌다. 다른 배우들에게도 똑같이 물었고, 배명우를 비롯한 '피셔 일당' 배우들이 모두 고개를 끄덕였다.

"감독님 의견대로 하겠습니다."

마지막으로 한만희 감독은 내게 물었다.

"재희 씨는, 괜찮겠어요?"

엄밀히 말하자면, 나는 눈 뜨고 코 베이는 상황이다. 괜찮을 리가 없다. 하지만 그렇다고 가만히 당하면서 내 밥그릇 뺏길 생각도 없다.

"네."

한만희 감독이 조금 단단해진 얼굴로 엄 부장에게 말했다.

"일단…… 엄 부장님 의견 수용하겠습니다. 하지만, 연기 확인 후에 최종 결정은 제가 합니다. 알아두세요. 그 이상은 월권입니다."

엄 부장도 입을 굳게 다물고 고개를 끄덕였다.

'윤민우'의 실력을 믿고 했던 제안이었으니, 찍어놓으면 결국 한만희 감독의 마음을 돌릴 수 있을 것이라는 계산이 섰으리라.

엉겁결에 윤민우와 같은 대사를 가지고 연기 배틀을 벌이게 되었다.

하, 별의별 경우가 다 있네.

나는 윤민우에게 물었다.

"대사는 다 외우셨나요?"

그러자 윤민우가 순순히 고개를 끄덕였다.

"그럼요."

조금 전까지만 해도, 자신은 이런 상황을 원하지 않는다고 하지 않았던가. 아니다, 아예 작정하고 준비해 왔다.

내가 말했다.

"그럼 민우 씨 먼저 하시죠."

그러자 윤민우가 빙긋 웃어 보였다.

"민우 씨가 아니라, 선배님입니다."

"……예?"

"제가 선배라고요."

"……."

말 높여 달라는 거다. 뭐, 이런 새끼가 다 있지?

"숏 들어갈게요!"

"슛 갈게요, 준비!"

촬영 준비 사인이 떨어지고, 근처에서 휴식을 취하던 스텝들이 우르르 쏟아져 나오며 촬영 준비에 들어갔다.

"89신 찍겠습니다. 장소는 부둣가입니다!"

〈피셔〉의 작중 '망고' 캐릭터와 '증권가K' 캐릭터의 공통점을 꼽으라면, '비주얼'과 '화려한 언변'이 강점인 캐릭터라는 것이다.

그리고 지금 찍게 될 작 중 상황은 특수검사의 압박으로 '피셔 일당'은 일망타진될 위기에 처하게 되고, 금융 전문가로 위장해 비밀리에 '피셔'의 자금 관리를 해오던 '증권가K' 역시 함께 발각된다.

일당들이 처참한 꼴로 부둣가 인근 컨테이너에 모여 밀항을 준비하는 신이다.

그 중 '망고'는.

'에라, 씨! 발라먹지 말랬지!'

땅콩 잼을 빵에 통째로 들이부으며 먹는 메기의 뒤통수를 후려치며 분위기를 가볍게 만드는 개그부터.

'대장 혼자? 그럼 우리는? 이제껏 대장 똥꼬는 우리가 다 닦았는데, 혼자 홀라당 튀어버리면 우리는 뭐가 되냐고!'

분위기를 잡는 제법 긴 장문의 대사도 한다.

거기다.

'씨바알! 넘어가서 조온나 폼 나게 사는 거야!'

들고 있던 빵을 잘게 찢어 위로 던지며, 미친 듯이 웃기도 하는 다채로운 캐릭터다.

서사를 이끌어 가는 굵직한 사건은 없지만, 메기와 함께 '피셔 일당'의 코미디 라인을 책임진다.

하지만 '에라, 씨! 발라먹지 말랬지!'를 제외한 중요한 알맹이 대사들은 죄다 윤민우에게 넘어갔다.

그것도, 내가 너무 돋보인다는 같잖은 이유로.

이거, 웃어야 되나 말아야 하나.

"리허설 갈게요! 선배님들, 리허설 갈게요!"

"리허설!"

나와 윤민우가 동시에 카메라 앞에 섰다.

어색한 공기 속에서 내가 말했다.

"선배님부터 하세요."

이 X발 놈아!

나는 풀 샷 촬영 이후, 모니터에 서서 윤민우의 바스트 촬영을 주시했다. 그래, 인정할 건 인정하자. 괜히 2018년, 연예계에서 가장 주목받는 배우가 아니다.

백설기같이 하얀 얼굴과 쭉 찢어진 눈, 기생오라비를 연상케 하는 윤민우의 비주얼은 모니터에서 특히 빛이 났다.

"거 봐요. 제가 뭐랬습니까? 잘할 거라고 하지 않았습니까? 하하!"

엄 부장은 '촬영 중'이라는 사실도 잊은 채 흡족한 미소를 지으며 껄껄거렸고.

"조용히 하세요."

덕분에 한만희 감독의 항의를 받았다.

"시바아! 넘어가서 존나 폼 나게 사는 거지, 어때!"

"……."

그래, 잘한다.

'JW'라는 빽을 제외하더라도, 그는 배우로서 충분히 매력적이고 실력도 있다.

하지만, 단지 그뿐.

나는 조승희를 힐끗거렸다.

그의 표정은 이 싸움의 결과를 잘 말해주고 있었다. 짙은 눈썹을 꿈틀거리며 윤민우의 연기에 한껏 몰입하더니, 이내 고개를 살짝 내저었다.

'불합격.'

조승희 기준에는 맞지 않는다는 것이다. 조금 '과한' 느낌도 있다.

나를 자극하는 것이다. 아니, 비단 나뿐만이 아니라 이곳 전체를 '윤민우'라는 매력으로 물들이기 위해 한껏 힘을 주고 있다.

"오케이!"

한만희 감독이 오케이 사인을 보내자, 엄 부장이 오른손을 붕붕 휘두르며 어퍼컷 자세를 취해 보였다.

"나이스!"

그는 만족한 것이다.

"수고했다, 민우야."

엄 부장은 윤민우의 어깨를 톡톡 두드리며 엄지를 치켜세웠다.

"다음, 재희 씨!"

이제 내 차례다.

조승희를 포함하여 다른 배우들의 연기는 달라진 것이 없으니, 풀 샷과 내 바스트, 인물 리액션 바스트. 투 샷 정도만 새로 찍으면 되는 상황이다.

나는 걸어가기 전, 엄 부장과 윤민우 두 사람과 동시에 눈을 맞추었다.

그들은 내게 묻고 있었다.

'어디 한 번 해봐.'

주먹에 불끈 힘이 들어간다.

자, 이럴 때 내가 취할 수 있는 형태는 하나다.

"죽여 버려."

조승희가 내게만 들리는 목소리로 슬쩍 말했다.

"네가 잘하는 거잖아."

나는 고개를 끄덕였다.

스타니슬랍스키라는 사람은 몰라도, '메소드'라는 말은 들어 봤을 것이다. 일종의 '연기론'을 정립하며 흔히 알려진 '메소드 연기'라는 단어를 만드신 분인데, 그 선생이 그랬다.

-내면으로 경험해본 적도 없고, 흥미조차 없는 것을 외형적으로 표현하려 하지 마라. 지금은 나로부터 출발하라.

'남'을 의식한 연기는 당연히 부자연스러울 수밖에 없다. 모든 연기는 '나'로부터 출발한다.

이런 말이 있다.

'햄릿'을 보고 싶어 찾은 관객은 '햄릿'이 보고 싶은 것이 아니다. '햄릿을 연기하는 배우'를 보고 싶은 것이다.

두 가지의 차이는 심오하지만, 의외로 정답은 단순하다.

내 머릿속에 있는 캐릭터에 대한 모든 것이 들어 있다. 하지만 결정적으로 '망고'는 대본 속에 텍스트로 존재하는 인물이고, 나는 이걸 현실에서 표현해야 한다.

연기하는 주체는, 나다. 그걸 절대 잊지 말아야 한다.

자, 지금 내 속에 끓고 있는 이 뜨거운 무언가를 누르자. 그게 먼저다. 그리고 의식하지 말자. 호기심 가득한 눈으로 나를 바라보는 저 시건방진 배우 놈과 투자 대표의 반응 따위는 잊어버리자.

머릿속에 떠오르는 상념을 모두 지워버리고, 입에 완벽하게 달라붙는 대사는 그저 거들 뿐, 배역을 어떻게 소화했는지 있는 그대로 보여주는 거다. 찰나의 짧은 퍼포먼스에 판세가 뒤집힐 수 있도록.

"후."

숨을 잔뜩 머금었다.

평소처럼 그런 가벼운 호흡은 아니었다. 단순하지만, 거침없는 '망고'의 호흡이었다.

연기는 '숨'에서 나온다. 호흡만으로, 분위기가 변한다.

"액션!"

한만희 감독의 외침에 내 시야는 오히려 더욱 또렷해졌다. 그리고 완벽하게 몰두한 채 입안에 빵을 우겨넣은 뒤, 눈을 흘깃거리며 무자비하게 메기의 뒤통수를 후려쳤다.

따악!

찰진 타격음.

"악!"

"에라, 씨! 발라먹지 말랬지!"

내 찰진 욕설과 함께 입에 물고 있던 빵가루가 우수수 튀어나간다.

메기는 얼굴에 잔뜩 묻은 빵가루를 짜증 난다는 얼굴로 스윽 닦아내며 투덜댄다.

"염병, 형한테 말하는 꼬라지 좀 보게. 다 삼키고 말해 이놈 새끼야!"

그리고 나는 중지를 치켜들고 혓바닥을 내밀었다.

"베."

그러자 메기가 나를 잡으려고 과장된 제스처를 취해 보였고, 나는 잽싸게 자리에서 일어나며 뒤로 달아났다.

"장난은 그만."

피셔, 조승희의 대사에 나와 메기가 순간 멈춰섰다.

나는 제법 진지한 얼굴로 피셔와 마주보았다. 피셔의 입에서 앞으로의 계획에 대한 장문의 대사가 흘러나왔다.

풀 샷과 동시에 잡고 있는 투 캠(Two Cam)의 리액션 바스트 컷.

느낌이 좋다. 말이 정확히 꽂히고, 움직임에는 힘이 실려 있다.

그리고 조승희의 호흡을 그대로 받아먹으며, 소리쳤다.

"지랄하네!"

모든 시선이 내게 쏠렸지만 나는 눈 하나 깜빡이지 않고, 열변을 토해냈다.

"대장 혼자? 그럼 우리는?"

배신감.

이제껏 얼마나 고생했는데, 피서는 자기의 신변이 최우선이라는 식으로 말한다.

개새끼.

속에서 끓어오르는 뜨거운 감정이 용솟음치며, 눈을 부라리며 광기를 터뜨렸다.

"X발! 이제껏 대장 똥꼬는 우리가 다 닦았는데! 혼자 홀라당 튀어버리면 우리는 뭐가 되냐고!"

최대한 '망고'의 캐릭터와 흡사하게. 하지만 인간 도재희의 매력도 같이 보이도록. 어쩌면, 미친놈처럼 보일지도 모르겠다.

"씨……."

하지만 나는 여전히 거친 호흡을 유지하며 리액션을 선보였다. 순간 불꽃이 튀었고, 조승희는 내가 뿜어낸 열기를 그대로 받아쳤다.

"걱정 마. 너희도 모두 오게 될 테니까."

마치 탁구 같다.

팡! 팡!

카메라 앞의 이 조그만 공간에서 연기라는 이름의 불꽃이 이리 튀고, 저리 튄다. 내가 불꽃이라면, 조승희는 차가운 얼음이었다. 뜨거운 불을 녹이듯, 조승희가 나를 안심시켰다.

"설마, 나 혼자 넘어갈 것 같아? 순차적으로 오게 될 거다. 우선은 나, 다음은 메기, 망고……"

치명적으로 아름다운 미소와 얼음 결정처럼 매력적인 눈빛으로 망고를 설득한다. 그 모습에 홀린 나는 눈에 서렸던 독기를 천천히 빼낸다.

선천적으로 다혈질적인 성격의 '망고'는 타오르는 속도도 빠르지만, 식는 속도도 빠르다.

금세 장난스러운 눈빛으로 돌아와 말한다.

"아, 그런 거였어? 그럼 진작 말을 하지."

그리곤 미소를 띤 채 자리에 앉아 여유롭게 빵을 씹었다.

그러면 조승희가 내게 '희망'을 선물한다.

"날 믿어."

자신을 믿으라며, 입에 발린 감언이설로 우리를 유혹한다.

우리는 절대 잡히지 않아, 반드시 성공할 거야. 모은 돈으로 중국 가서 폼 나게 사는 거야.

내 동공은 점점 더 커진다.

확장.

찌릿찌릿한 전류에 감전되는 느낌이다.

"사람 죽으라는 법 없지."

이거, 대박이잖아?

완벽하게 현혹된 내가 용수철 튀어 오르듯, 자리를 박차고 먹던 빵을 던지며 일갈!

"시바아아알!"

그리고 뿜어냈다, 인간의 멈출 수 없는 욕망을.

"넘어가서 존나 폼 나게 사는 거야!"

눈앞에 휘황찬란한 황금이 아른거린다. 그리고 술과 여자를 끼고 환각 열차를 타는 내 모습이 파노라마처럼 스쳐 지나간다.

자연스럽게 입가에 미소가 걸렸다. 너무나 자연스러운 미소라 나조차도 의식하지 못할 정도였다.

×발! 그래, 이게 인생이야!

엄 부장의 크고 단단한 풍채는 흡사 '조폭'을 연상시키는 구석이 있었다. 그랬기에, 적당히 위압적인 말 한마디면 불가능한 일이 없었다. 업계에서 JW는 그만한 위치에 있었으니까.

그런 높은 자리에 있는 사람이 급물살을 타듯 상승한 현장 분위기를 감지하지 못했다면 어불성설이다.

엄 부장은 느끼고 있었다.

'뭐야. 대체 뭘 본 거야.'

자신도 그 급물살에 휘말리듯 함께 붕 떠버렸으니까.

현장 분위기가, 윤민우가 연기할 때와 사뭇 다르다. 강한 억양 몇 개만 잘 살리면 전부라고 생각했던 대사 몇 줄. 어려울 것도 없는 연기라고 생각했다. 윤민우의 연기도 충분히 매력적이었으니까.

하지만 칼을 누가 들고, 펜을 누가 드느냐에 따라 작품이 달라지듯, 연기라는 이름의 요리가 바뀌어 버렸다. 가성비 좋은 인스턴트 음식에서, 고급 레스토랑의 일류 요리로.

그만큼 리얼하고 활어처럼 살아 있다.

'쟤 뭐야, 도대체?'

엄 부장은 오히려 모니터를 잡아먹을 듯 연기하며 괴물 같은 호흡을 내뱉는 신인을 주시했다.

특별 출연이 확정된 직후, 책 대본을 유심히 읽던 윤민우가 말했었다.

'이 대사, 제가 해도 괜찮을 것 같지 않아요?'

하지만 단순히 연기 욕심 때문만은 아니었다.

'걔가 누군데?'

'있어요. 이제 조연으로 막 활동하는 애.'

〈랜선 사랑〉이 〈청춘 열차〉에게 시청률을 따라 잡히고 시청률 2위로 종영한 이유가 단순히 '로맨스 전문 배우'인 송문교에게 밀린 줄 알았는데, 알고 보니 〈청춘 열차〉를 마지막에 캐리한 것은 저 신인이었다.

치고 올라오는 신인을 어떻게든 밟아주려는 가벼운 욕심이었다. 엄 부장도 그 사실을 알았지만, 어느 정도 눈감아주고 그 뜻에 편승하려 하다가 역으로 당해버렸다.

'이제 어쩌지.'

엄 부장이 뒤를 돌아보았다. 관련 기사를 쓰기 위해 미리 불러놓았던 기자도, 모니터를 보며 당황스러워하긴 마찬가지였다.

"대체 뭘 쓰라는 거예요?"

"……."

엄 부장은 눈만 껌뻑였다.

"아! 좋아요!"

한만희 감독의 어깨가 넓어져 보이는 것은 착각일까.

마치 동창의 아들보다 내 아들이 더 좋은 명문대에 들어간 것과 같은, 한만희 감독은 그와 흡사한 자부심을 느꼈다.

'그래! 누가 뽑았는데.'

스스로 확신이 있었고, 주연인 조승희가 반한 배우다.

도재희는 '긴 무명의 신인', '이제 막 뜨기 시작한 배우'라는 편견을 뒤집어 버릴 만한 실력과 누구라도 탐낼 만큼 매력적인 마스크를 가지고 있었다.

"아! 이거 다시 안 찍어도 되겠네."

한만희 감독은 일부러 엄 부장 들으라는 듯, 큰 목소리로 소리쳤다. 그 무자비한 팩트 폭행에 일그러지는 사람은 비단 엄 부장뿐만이 아니었다.

빠드득.

이가 갈릴 만큼 분한 감정을 숨기지 못하는 윤민우는, 감정을 제대로 컨트롤하지 못했다.

"씨! 발라 먹어!"

"큭큭큭큭."

모니터에 앉은 한만희 감독과 스크립터, 스타일리스트, 매니저들, 조승희가 일제히 빵! 터졌다.

"아 찰지다, 찰져."

"와, 저걸 저렇게 살리네. 매번 느끼는 거지만, 신인 맞아요?"

하지만 유일하게 웃지 못한 사람은 윤민우, 한 명뿐이다. 불쾌한 기분이 표정에 그대로 드러나는데 눈에 띄지 않는 것이 이상할 정도다.

조승희가 윤민우의 표정 변화를 눈치채고 말을 걸었다.

"아프지?"

윤민우가 고개를 들며 황급히 고개를 숙였다.

"아, 선배님."

"대답해. 아파, 안 아파?"

"예?"

어때, 연기로 맞으니 아프지?

면상에 직접 팩트로 때려 버렸다. 조승희는 알 듯 말 듯 의미심장한 미소를 짓고는 윤민우의 어깨를 두드렸다.

"이 바닥이 그래. 데뷔 먼저 했다고 선배가 아니라, 연기 잘하는 놈이 선배야."

"그게…… 무슨 말씀이신지."

조승희의 눈이 조금 차가워졌다. 하지만 입은 여전히 웃고 있었다.

"모르는 척, 안 해도 돼."

"……."

"지금 잘하고 있잖아. 그러니까 욕심부리지 마. 아무거나 뺏어 먹으려다 탈 나는 수가 있다."

세상에 욕심 없는 배우가 어디 있겠는가? 하지만 이 모든 것은 자신의 '실력'이 전제되어야 가능한 얘기다.

윤민우의 얼굴이 붉어졌다.

"씨! 발라 먹어!"

또다시 터져 나온 도재희의 일갈이, 마치 자신에게 하는 말처럼 느껴졌다.

"존나 폼 나게 사는 거야!"

모든 촬영이 끝나고 나는 일종의 개선장군이라도 된 듯 큰 환호를 받았다.

　조승희가 내 목에 헤드락을 걸며 귀에 속삭였다.

　"적당히 패야지. 애 쪽팔려서 죽으려고 하잖아."

　"악, 아파요."

　나 잘했나? 아무래도 그런 것 같아 보이지?

　여러 사람들과 눈이 마주쳤다. 심장을 부여잡으며 간 떨린다는 얼굴로 나를 바라보고 있는 재익이 형, 팝콘을 먹으며 엄지를 치켜세우는 영미 씨, 이가 훤히 드러날 만큼 크게 웃고 있는 한만희 감독. 그리고 나와 조승희의 모습을 부러운 듯 바라보다 황급히 인상을 구기는 윤민우. 게다가 당황스러운 표정의 엄 부장까지.

　승부는 결정 났다. 한만희 감독이 자신감이 가득한 목소리로 엄 부장에게 경고했다.

　"그럼 봤죠? 엄 부장님이 보기엔 어떻습니까?"

　엄 부장은 아무런 대답도 하지 못했다. 한만희 감독이 불쾌한 듯 말했다.

　"쯧. 재희 씨로 갈 겁니다. 책에 쓰인 그대로."

　그리고 두어 걸음 걸어가다, 문득 생각났다는 듯 멈춰서며 한마디 보탰다.

"앞으로 제 일은, 제가 알아서 합니다. 다음 신!"

"다음 신 갈게요!"

"다음 신입니다!"

촬영은 순풍의 돛단배처럼 빠르게 다음 신으로 넘어갔다.

한만희 감독이 내게 다가와 말했다.

"고마워요. 진짜 덕분에 내 자존심 제대로 챙겼네."

"아닙니다."

"아오, 투자자들…… 가끔 이래요. 이렇게라도 해야, 내가 딴 짓 안 한다고 생각하나 봐. 머저리 같은 놈들."

나는 멘탈이 부서진 듯 보이는 윤민우를 바라보며 가볍게 웃었다.

피식.

내가 선배야 새끼야.

물론, 재익이 형의 잔소리를 피해갈 수는 없었다.

"다시는 그러지 마. 나 아깐 진짜 쫄았으니까."

나는 그러지 않겠노라고 대답했지만, 최소한의 예의도 못 차리는 놈에게 고개를 숙여야 하는지에 대한 의문은 여전히 남아 있다.

"평소엔 얌전하더니, 대체 왜 그런 거야?"

재익이 형의 물음에 나는 어깨를 으쓱였다.

"그렇다고 눈 뜨고, 코 베이나요?"

"감독님이 알아서 해주셨겠지. 하다못해 나도 있고."

나는 입술을 뾰족하게 내밀었다.

글쎄, 하지만 난 원래 이런 놈인걸.

이런 약간의 소란이 있었지만, 언제나 변함없는 저 바다만큼이나 앞으로 변하는 일이 없을 것이다.

공식적으로 윤민우에 대한 기사는 아무것도 없을 것이다. 그리고 윤민우는 아무 일도 없다는 듯, 다음 작품에 들어갈 것이다.

카메라 뒤에서 벌어지는 이 일련의 지저분한 짓들은 조용히 묻히고, 대중들은 언제나 화면으로 보이는 얼굴에만 관심이 있겠지.

불쾌하지만, 연예계가 가진 비극이며 진실이다. 이들도, 시청자도 모두, 환상을 먹고 살아야 하니까.

그때 영미 씨가 말했다.

"오늘 윤 프린스의 정체에 대해 알게 되었잖아요. 제가 느끼는 이 배신감은 어쩌죠?"

"네?"

"어떻게 그 순수한 얼굴로 그런 악독한 짓을……."

영미 씨는 모 막장드라마에서 배신감에 치를 떨며 복수심에 얼룩져 버린 여주인공 같은 표정을 짓더니 휴대폰을 꺼내 무언가를 잔뜩 쓰기 시작했다. 얼핏 보니, 팬 카페에 댓글을 쓰는 듯했다.

아니, 게시글인가?

"저 이래 봬도 윤 프린스 팬 카페 우수 회원이거든요."

"……."

윤 프린스의 실물을 영접할 수 있어서 무한 영광이라더니,
그 정도였어?

영미 씨가 비릿한 미소를 머금었다.

"후후후……. 배신당한 팬심이 어떤 건지 알려줄게요."

"……."

영미 씨, 무서운 여자였어.

['윤민우' 실체를 공개함. 개 오짐.]

[나 방송 관계자임. ㄹㅇ.

모 촬영장이었음.

내가 진짜 윤빠로 1년을 살아왔는데 드디어 윤 프린스 실물 영접하
는 순간! 개 긴장됨 ㄹㅇ. 무한영광 반박 불가? ㅇㅈ? 어 ㅇㅈ.

근데 막상 만나보니.

헐? 이게 뭐야?

ㅋㅋㅋㅋㅋㅋㅋㅋㅋㅋㅋㅋㅋㅋㅋㅋㅋㅋㅋㅋㅋㅋㅋㅋㅋㅋㅋㅋㅋㅋㅋ

ㅋㅋㅋㅋㅋㅋㅋㅋㅋㅋㅋㅋㅋㅋ

　윤민우 진짜 성격 파탄자에 키는 ㅈㄴ 작고, 싸가지 ㅈㄴ 없음.

　모든 사람 지 아래로 보는 더러운 눈빛에 ㅋㅋㅋㅋ 거기다 욕심은 얼마나 많은지. 에휴, 놀부 보는 줄 알았네. 에라! 현대판 놀부 새끼야!]

　└cncjswha : 닥쳐 이 이단 년아!

　└aksgdl : 헐. 어디서 이런 모함을? ㅠ,ㅠ

　└wntpdy : 응. 아니야.

　영미 씨가 올린 게시글은, 윤 프린스 팬들에게 일종의 '이단' 이나 다름없었다. 처음에는 특유의 급식체 때문에 '장난' 정도로 치부되었지만, 대상이 '윤민우'다 보니, 화제를 모으며 인터넷 여기저기 퍼져나가기 시작했다.

　일종의 루머에 불과한 신빙성 없는 이 게시글이 불러일으킨 파장은, 생각보다 작지 않았다.

　-헐! 윤민우 진짜 싸가지 ㅈㄴ없다던데?

　-나 명품 S매장에서 일하는데. 윤민우 실제로 봤거든? 진짜 맞는 말임. 개 싸가지 없음.

　-두 얼굴의 윤민우. 엄청 유명한데? 새삼스럽게 무슨.

글이 화제가 되면서 덩달아 비슷한 경험을 했던 네티즌들의 호응도 함께 불러왔기 때문이다. 모르긴 몰라도 윤민우는 이미지에 잽 몇 방을 얻어맞았을 것이다. 그 덕분에 영미 씨의 게시글 원본은 삭제되고, 팬 카페에서 추방되었지만.

"헤헤."

기분 하나는 좋아 보인다.

이 정도면, 배신감에 몸부림치는 팬의 저격은 성공적이라고 볼 수 있지?

뭐, 어찌 되었건 나는 〈피서〉의 한국 촬영 분량을 모두 털어냈다. 이제 남은 것은 중국 현지에서 촬영될 로케이션 촬영이 전부다.

"네, L&K 황재익입니다. 아, 비자는 미리 신청해 뒀죠. 네네. 걱정 마세요. 네. 출국 날짜도 확인했습니다. 준비 빠짐없이 진행하고 있습니다."

이번 해외 로케이션은, 중국 천진 시와 '드림 오브 시티'라는 초호화 리조트의 대대적인 협조를 받아 촬영되는 극의 하이라이트이자, 내가 출연하는 피서의 마지막 장면이기도 하다.

재익이 형이 블루투스 이어폰을 귀에서 빼며 투덜거렸다.

"후, '양치기 청년' 지방 촬영 끝나자마자 중국 촬영이라니, 정신 하나도 없네."

"고생이 많으시네요."

"응? 고생은 네가 더 고생이지."

재익이 형은 〈피서〉와 〈양치기 청년〉 두 개의 스케줄을 조율하며 이리저리 널뛰기하느라 정신없었다.

물론, 나 역시 마찬가지고.

하지만 이것도 곧 끝난다. 중국만 다녀오면, 〈양치기 청년〉 하나에만 집중하면 되니까. 모든 촬영이 끝나고 3개월 정도가 지나면, 두 개의 영화가 모두 개봉할 것이다.

〈피서〉는 추석에 맞춰서, 〈양치기 청년〉은 운 좋으면 부산국제영화제에 나갈지도 모르지.

"중국 촬영 힘들 거야. 마음 단단히 먹어."

재익이 형의 조언에 내가 어깨를 으쓱였다.

"그래도 저는 해외도 나가보고 좋은데요?"

조금 부끄럽긴 하지만 제주도를 제외하고 비행기를 타는 것이 처음인 나로서는 해외 촬영이 마치 여행처럼 느껴졌다.

재익이 형이 내 말에 웃음을 터뜨렸다.

"큭큭. 아마 도착하면, 그 생각 싹 사라질 거다. 해외 로케이션이 얼마나 힘든데. 아 맞다! 중국 하니까 생각났는데, 북경 TV에서 '청춘 열차' 방영 시작했다."

"네? 중국에서요?"

"응. 벌써 4화 나갔다던가?"

이건, 정말 생각지도 못한 소식이다. 드라마 하나 찍으면, 정말 여기저기에서 팔리는구나.

최근에 〈청춘 열차〉가 SBC에서 재방송되며 개런티 일부가 통장에 들어왔다. 그리 큰 금액은 아니었지만, 공돈이다 싶어 좋아했는데, 이거 설마 중국에서도?

하지만 독심술이라도 부리듯 재익이 형이 똑 부러진 목소리로 말했다.

"중국은 개런티 안 들어올 테니, 너무 기대하지 말고."

"……."

아, 괜히 기대했어.

··· 5장 ···

중국 로케이션

해외 촬영은 여러 가지 위험 부담을 안고 있다.

촬영용 장비를 패킹하여 운송하는 일이나 중국 같은 경우 미디어, 비지니스 비자 발급문제, 배우 스케줄 문제는 아주 사소한 것 중 하나다.

공문은 제대로 도착했는지, 장소 섭외가 얼마나 완벽하게 되어 있는지. 만약 갑작스럽게 비가 올 경우, 촬영 스케줄은 여유롭게 바꿀 수는 있는지. 통역에는 문제가 없는지, 협조 요청된 사항들에 변경은 없는지, 엄밀히 따지고 검토해 봐야 한다.

하지만 이것은 제작부의 일이고 내가 가장 신경 써야 할 것은.

"잠은 푹 잤지?"

"예."

컨디션 유지, 짧은 기간 동안 밀도 있게 찍어야 하는 해외 촬영의 경우, 누구 하나 아프기라도 하면 큰일이다. 스텝도 최소인원이 움직이는 해외 촬영의 경우는 항상 엄청난 긴장감이 동반된다고 한다.

나는 들뜨기만 한 마음을 속으로 삼키며, 인천 공항 안으로 들어섰다. 5월, 그리고 평일 오전임에도 불구하고 공항 내부는 사람으로 붐비고 있었다.

"아이고! 어서 와요. 재희 씨."

그날 윤민우와의 일이 있고 난 뒤로 한만희 감독의 눈빛이 더욱 애틋해졌다는 사실은 쉽게 느낄 수 있다. 거기다 스텝들 역시 나에 대한 호감도가 급격히 높아졌다.

"연예인들 공항 패션, 이런 거 신경 쓰지 않나?"

"에이. 놀러 가는 것도 아닌데요, 뭘. 그리고 저 알아보는 사람도 별로 없어요."

"후후후. 하긴, 재희 씨는 청바지에 맨투맨만 입어도 잘 어울리니까 상관없지."

촬영 감독님이 장난스럽게 물었다.

"그나저나 윤민우 씨, 요새 욕 많이 먹던데? L&K에서 슬쩍 흘린 거 아니죠?"

"에이, 그럴 리가요."

영미 씨가 흘렸지.

"후후. 민우 씨도 어쨌든 우리 배우니까. 재희 씨가 조금만 이해해줘요. 다 끝난 일이니까."

"……."

나는 용서할 수 있지만, 배신당한 팬은 아닌 모양입니다.

어쨌거나 감독님을 포함한 스텝들과 간단하게 인사를 나눈 뒤에, 나는 배우들을 찾았다.

하지만 배명우 같은 조연을 제외하고 주연배우들은 보이지 않았다.

비행기 시간 다 되어 가는데.

내가 배명우에게 물었다.

"선배님. 다른 선배님들은요?"

"아, 승희 씨랑 강백 씨, 임 선생님은 오늘 밤에 넘어오실 거야."

"아."

답사만 하고 본격적인 촬영은 내일부터라고 했으니, 주연급들은 천천히 오는 모양이다.

역시, 다르네.

그러고 보니 윤민우도 보이질 않았다.

아마 '특별 출연'이라 특별 대우를 바라는 것 같다. 하여튼, 송문교나 윤민우나. 덜 익은 것들이 톱스타 노릇을 하니 문제를 일으킨다.

"시간 다 되었습니다. 탑승하시겠습니다!"

라인 PD의 외침에 걸음을 옮겼다. 한 걸음씩 옮길수록, 사람들의 시선이 따라붙는다. 카메라 플래시와 연예인을 봤다는 신기한 눈초리도 함께였다.

"오, 도재희다."

"나 사진 찍고 싶어!"

비단 나 때문만은 아니다.

촬영팀이란, 언제 어디서든 사람들의 시선을 집중시키고는 하니까. 나를 제외하고 보더라도, 배명우나 심영 같은 배우들은 확실히 대중이 쉽게 알아본다.

"저기, 배명우 아냐?"

"와, 영화랑 똑같이 생겼네. 머리 진짜 크다."

"영화 촬영팀인가 본데?"

오전 10시 20분 비행기.

티켓과 비자 확인을 마치고 기다란 탑승구를 지나, 기내로 들어선 나는 창가 자리에 앉아 모자를 푹 눌러썼다.

"안녕하세요."

여자 승무원이 용케 내 얼굴을 알아보고 미소 지었다.

"팬이에요."

나 역시 가볍게 고개를 끄덕이며 인사했다.

"네, 감사합니다."

이거, 기분 나쁘지 않은데.

중국 천진(톈진; 天津).

한국과 굳이 비교하자면, 인천과 비슷한 도시다. 중국의 오랜 역사와 함께한 수상 무역 도시로, 한반도와 매우 가까이 붙어 있다.

물론, 실제 지명은 극 중에 드러나지는 않겠지만, 천진항의 광활한 부두는 〈피셔〉에 최적화되어 있고, 천진 시의 유명 리조트인 '드림 오브 시티'는 도시의 화려함과 함께 물질적 풍요의 모든 것을 보여준다. 시 당국과 리조트의 적극적인 협조로 비교적 쉽게 로케이션을 정할 수 있었다고 한다.

비행기는 이내 활주로를 벗어나 두둥실 떠올랐다.

위이이잉!

귀를 찌르는 이명이 조금 적응이 되자, 나는 눈을 껌뻑이며 창밖을 주시했다.

빠르게 스쳐 지나가는 구름, 창가 아래 펼쳐진 바닷가를 보며 상념에 빠져들었다. 그동안 얼마나 열심히 달려왔으면, 눈앞에 펼쳐진 구름과 바다가 만들어내는 기막힌 절경만으로도 힐링이 될 정도였다. 그리고 이런 생각도 들었다.

'나, 제법 잘 달려가고 있구나.'

물론 내게 생겨난 '능력' 덕분에 이뤄낸 성과지만 해외여행이라고는 한 번도 가보지 못한 내가, 촬영을 위해 비행기에 있다는 사실이 꿈처럼 다가왔다.

그리고 슬그머니 미소 지으며 눈을 감았다.

"……희야. 재희야."

"……아."

눈을 화들짝 떴다. 그새 잠든 모양이다.

재익이 형이 나를 내려다보고 있었다.

"도착했어. 나가자."

"아, 네."

나는 나를 보며 작게 수군거리는 승무원들의 시선을 외면한 채, 곧바로 비행기에서 내렸다.

약간 뜨겁고 텁텁한 공기가 나를 반긴다.

비행시간은 고작 1시간 45분. 시차적응 따위는 아무 문제가 되질 않지만, 묘하게 몸이 무거운 느낌인데.

아마 낯선 공간 때문인 듯하다.

빨간 글씨로 '天津'이라고 적혀 있는 천진 공항을 뒤로하고 주차장으로 나가니, 40인승 버스가 대기하고 있었다.

나는 트렁크에 짐을 싣고 PD를 따라 버스에 올랐다.

그런데 스텝들이 많이 안 보인다.

"다른 스텝들은요?"

"조금 대기했다가 장비, 화물 받아서 따로 올 겁니다. 감독님도 현장 둘러보고 따로 오실 거니까, 배우분들 먼저 숙소 가서 식사하시면 돼요."

"아, 네."

내 뒤로 배명우를 비롯한 조연배우들이 버스에 올랐다.

"아우, 잘 잤네."

배명우는 비행기에서 도대체 어떻게 잤는지 이마에 굵은 선이 찍혀 있었다.

정말 엄청 잘 잔 얼굴인걸.

배명우가 내 옆자리에 앉으며 말했다.

"크으, 중국 오랜만이네. 한, 삼 년 만인가?"

그리고 묻지도 않았는데, 이런저런 이야기를 떠들기 시작했다.

"여기 음식이 나한테 너무 잘 맞아. 그 특유의 향신료 향 있지? 목을 팍! 쑤시는 맛. 특히 길거리에서 파는 음식에 많이 나거든? 이게 완전 내 입맛이야. 해마 꼬치 먹어 봤어?"

나는 고개를 절레절레 흔들었다.

해마로 꼬치를 만들다니. 별로 궁금하지도 않은데 말이야.

나는 대신 다른 질문을 했다.

"선배님은 해외 촬영 많이 다니셨죠?"

그러자 배명우가 약간 거들먹거리듯 말했다.

"응? 나야, 영화 장르가 좀 제한적이다 보니까 자주는 아닌데. 일 년에 한두 번씩은 나갔지."

"어때요?"

조금 함축적인 질문이었다.

'해외 촬영 많이 힘들어요?'

배명우는 내 질문의 요지를 용케 파악하고는 피식, 웃으며 말했다. 아주 함축적으로.

"오늘을 즐겨."

그 말에는 이런 의미가 포함되어 있었다.

내일부터 엄청 힘들 테니까 말이야.

버스가 천진 시내로 들어섰다.

이곳의 분위기는 판교를 처음 보았을 때와 흡사한 느낌이다. 건물들이 오밀조밀하게 붙어 있는 서울과는 다르게, 건물의 크기는 압도적으로 크고 세련된 듯 보였지만 군데군데 휑한 느낌도 지울 수 없다.

우리는 고문화거리 인근 식당에서 늦은 점심 식사를 마치고 숙소로 들어왔다.

"와, 죽인다."

입구부터 눈길을 사로잡는 이곳.

'드림 오브 시티.'

총 객실 200개가 넘어가는 이 호화 리조트는 숙소임과 동시에 촬영지로 쓰인다. 촬영 대관으로 인해 B별동의 객실 칸은 전부 우리 팀에 예약했다.

본관 건물 입구로 들어서는 복도는 청나라 황실을 그대로 옮긴 듯한 고풍스러운 목조 디자인이었고, 주황색과 황금색으로 디자인된 1층 내부는 화려함의 극치를 보여주고 있었다.

이곳 역시 비교적 한산한 오전에 부분 대관이 잡혀 있다.

"그림 장난 아니겠는데?"

어떤 그림으로 쓰일지 벌써부터 눈에 그려지는 듯했다.

이 정도면, 대충 찍어도 그림이다.

제작부가 배우들에게 객실 키를 나눠주며 말했다.

"우선 각자 숙소로 들어가 휴식하시면 되고요. 저녁 식사는 감독님이 같이하실 테니까, 따로 드시지 마세요."

"네."

배우들이 일렬로 캐리어를 끌며 안내원을 따라 걸었다. 리조트 내부에는 멋들어진 인피니티 풀도 만들어져 있다.

여기, 정말 좋은데.

"조금 이따가 보자."

"네. 쉬세요."

내 숙소는 B별동 207호, 비교적 심플한 1인실이었다. 나는 짐을 풀지도 않은 채, 곧바로 침대에 누워 〈피서〉 책 대본을 펼쳐 들었다.

"후아."

나는 스케줄 표를 들여다보며 내일부터 촬영할 내용에 대해 다시 한번 곱씹었다. 그리고 내게 펼쳐진 이 상황을 생각하다가 문득 웃음을 터뜨렸다.

"하, 참나."

단연코 말하지만, 나는 중국어는 전혀 할 줄 모른다. 아는 중국어라고는 니 하오, 씨에씨에가 전부. 어디 가서 말하기도 부끄러운 수준이다.

중국어 강사가 배우들의 발음 교정을 위해 동행했고, 발음과 의미가 시나리오에 기재되어 있기에 망정이지, 이걸 가지고 어떻게 연기를 할 수 있을까.

하지만,

"? 老板! ?多少?(어이, 사장! 이거 얼맙니까?)"

대본에 기재된 대사는 기막히게 머릿속에 틀어박혀 있다.

"……"

발음이 얼마나 정확한지는 나 스스로가 분간할 수 없으나 생전 처음 뱉는 말이 입 밖으로 자연스럽게 튀어나오는데, 이걸 뭐라고 해야 하나. 귀신에 씐 것 같은 기분이다.

아니.

[대본을 흡수하시겠습니까?]

"대본에…… 썬 건가."

"아이고! 선생님. 먼 길 오시느라 고생 많으셨습니다."

저녁 식사는 주연급 배우들이 모두 중국에 도착하고, 감독님들이 천진항을 포함한 차량 액션 신이 예정된 장소 몇 군데를 확인한 뒤에야 이루어졌다.

늦은 저녁이라, 멀리 갈 것도 없이 리조트 1층 뷔페에서 식사가 이루어졌는데, '드림 오브 시티'의 로케이션을 함께 힘써 준 중국인 홍보 이사도 자리에 동석했다.

이름이 '쉬에츠엔'이라던가.

"……."

모르겠다. 나는 중국어의 중자도 모르는 막귀니까.

하지만 당연히 홍보 이사의 말은 전혀 들리지 않을 줄 알았는데, 대본의 영향 때문인지 단어 몇 개는 마치 모국어처럼 들리기도 했다.

조금 무서울 지경인데?

'드림 오브 시티'의 홍보 이사 쉬에츠엔은 나와 배우들을 바라보며 감개무량한 표정과 함께 하나하나 악수를 청했다.

"안녕하세요?"

그리고 서툰 한국어로 인사를 나누기도 했는데, 한류스타 조승희를 보고는 중국어로 호들갑을 떨기도 했다.

이제 내 차례.

쉬에츠엔은 나를 바라보며 눈을 가늘게 뜨며 말했다.

"?在?······? (어디서 봤더라······?)"

근데, 무슨 뜻인지 알아들을 수 있었다.

이거, 대본에 있는 말이잖아.

106신 천진항 인근에서 사고를 친 메기가 공안에게 검문 검색되는 장면에서 쓰인 대사다.

쉬에츠엔은 호들갑을 떨며 박수를 쳤다.

"知道了!(알았다!)"

아마, 북경 TV에 방영 중이라는 〈청춘 열차〉를 본 모양이다.

나는 어색하게 미소 지으며 말했다.

"?我?(저 아세요?)"

나조차도 놀랄 만큼, 자연스러운 중국어로.

물론, 이것 역시 106신의 메기 대사다. 그러자 쉬에츠엔이 놀랐다는 듯 눈을 크게 떴다.

"······."

그 이후의 말들은 귀에 들어오지 않았지만, 옆에 있는 통역사가 말해주기를, 내 중국어 발음이 꽤 정확해 놀랐다고 한다.

중국어 강사에게 물었다.

"저 발음 괜찮았나요?"

그러자 중국어 강사는 말했다.

"사실 현지인 수준으로 구현하는 데에는 무리가 있죠. 그런데, 성조가 정확해서 촬영에는 무리가 없겠던데요? 혹시, 도 배우님 역할이 중국어를 매우 잘해야 하나요?"

"아뇨, 그런 건 아닌데……."

즉, '망고'의 수준에는 적당하다는 말이다.

이거 알면 알수록 신비한 능력이네.

조승희가 내게 물었다.

"언제 중국어 배웠어?"

"아뇨."

"그래? 생각보다 잘하던데."

둘러댈 마땅한 변명이 생각나질 않는다.

"대본을…… 열심히 봤을 뿐입니다."

그러자 조승희가 피식 웃으며 말했다.

"그 정도 수준이 아니던데? 그래, 중국어도 미리 배워두면 좋지. 인지도 더 쌓아서 중국 활동 시작하면 개런티 앞자리가 달라지니까."

"……."

중국 활동이라. 돈 벌기 위해 한국을 떠나, 일부러 중국에서 활동하는 배우들도 있다고 했다. 하지만 나는 조금도 생각해 본 적 없다. 오히려 조금 더 원대한 꿈은 있었지만.

할리우드.

만약에 말이야. 아예 외국어로 제작된 대본을 흡수한다면, 내 외국어 실력에 도움이 될까?

유명 미국드라마나, 영국드라마의 영어책은 대본 마켓에만 가도 즐비하게 올라와 있다.

만약, 이것들을 모두 흡수한다면?

생각해 본 적 없지만…… 만약 내 예상대로라면, 해외진출도 단지 '꿈'은 아니다.

"어차피 한국 아니면 중국이랑 일본인데, 언어는 미리 준비하면 좋잖아."

나는 점점 피가 뜨거워지는 흥분을 느꼈지만, 내색하지 않고 짐짓 겸손한 척 말했다.

"아직 멀었습니다."

그러면서 속으로는 욕심을 숨기지 못했다.

조승희도 한 수 접어야 하는 동양인의 무덤과도 같은 할리우드. 내가 할 수 있을까?

다음 날 중국 로케이션 첫 촬영이 시작되었다.

우리는 천진항 인근의 해안 도로로 이동했다. 오늘 이곳에서는 가장 많은 인력이 동원되는 차량 스턴트 액션 신을 촬영한다.

프로덕션팀이 현지에서 구성한 엑스트라 150명, 엑스트라 차량 40여 대, 스턴트 차량 10여 대…….

차량, 폭발 특수효과, 액션 시바이.

이제껏 경험하지 못한 스케일 큰 촬영이 예정되어 있다.

영화 로케이션의 기본은 섭외다. 천진 시와 중화영상위원회, 인근 경찰서의 촬영 협조를 받아 도로 일부가 완벽히 통제되었다.

도로에는 차량이 일렬로 준비되어 있었고, 스텝들은 각자의 장비를 챙겨 촬영 준비에 여념이 없었다. 무술팀은 엑스트라 차량을 배정하고 감독님과 무술 감독님은 액션 콘티를 마지막으로 점검했다.

배우들은 스텝 버스에서 분장을 받았고, 연출부는 렉카에 차량을 실었다.

"자! 빨리빨리 준비합시다!"

분주했지만, 왁자하지는 않았다. 모두가 맡은 바 일을 정확하게 캐치하고 한마음 한뜻으로 움직인다. 가장 화려한 액션이 들어가는 만큼, 현장에는 비장한 기운마저 감돌았다.

촬영 내용은 스케일에 비해 간단하다. 특별검사를 포함한 한국 경찰들에게 쫓기던 '피셔' 일당은 천진항 해안 도로에서 사고를 당하고, 차량은 갓길에 처박히게 된다.

간신히 차량에서 빠져나온 일당은 곧바로 달아나려 했지만 쇄도해 오는 형사들에 막혀 몸싸움을 벌인다. 그 틈에 피셔는 혼자 달아나게 되고, 피셔를 제외한 일당 모두가 일망타진 된다.

"자, 모여 보시죠!"

헤드급 스텝들과 배우들이 모두 한자리에 모였다.

무술 감독이 말했다.

"승희 씨야 타고난 액션배우시라 걱정은 없는데. 재희 씨는 어때요? 이런 거 좀 해봤어요?"

이런 거, 합을 맞추고 액션 신을 찍는 것을 말한다. 〈양치기 청년〉에서 했던 것만으로는 해봤다고 말하기도 민망한 수준이겠지.

나는 고개를 저었다.

"아뇨. 그래도 액션 수업은 조금 들은 적 있습니다."

"음, 그래요? 시간이 없어서 조금 빠르게 진행할 거니까, 하는 데까지 최대한 해보자고요. 일단 저희들 하는 거, 한 번 보세요."

무술 대역 배우들의 액션 시바이가 시작되었다.

구석에 찌그러진 액션 차량의 운전석에서 기어나오는 스턴트가 내 역할이다.

제일 먼저 달려드는 형사와 강하게 부딪치고, 뒤로 구르고…… 재빠르게 다시 일어나 주먹을 휘두르며 달려든다.

한 명, 두 명 쓰러뜨리지만 역부족.

옆에서 날아드는 발차기에 맞아 쓰러지고…….

나는 두 눈을 크게 뜨고 대역의 움직임을 노려보았다. 그리고 미소 지었다.

이거, 재밌겠다.

"좀 더 세게 밟으라고!"

메기의 외침에 내가 발작하듯 경적을 두드리며 소리쳤다.

빵빵!

"X발! 닥쳐 좀. 가고 있잖아!"

넓은 도로를 빠르게 질주하며 차량과 차량 사이를 추월한다. 하늘에서는 억수 같은 비가 쏟아지고. 내 차량 뒤로는 중국 공안 차량과 임강백의 SUV가 빠르게 따라붙는다.

"X발! 어디 한번 죽어보자."

나는 결심이라도 한 듯, 엑셀을 미친 듯이 밟았다.

콰아앙!

하지만 그 순간 공안 차량이 내 차를 들이받으며 시야가 돌아간다.

핑그르르르르르.

넓은 풀 샷에서 차량이 회전하며 갓길에 범퍼를 들이박고 그대로 멈춰 버렸다.

콰앙!

연기가 피어오르는 차량 핸들에 머리를 처박은 나는 제일 먼저 정신을 차리고 문을 열고 나와 바닥에 쓰러진다.

철푸덕.

이마에서는 피가 줄줄 흐르고 있었지만 나는 정신을 부여잡았다.

시야가 뿌옇다.

귀에서는 삐! 알 수 없는 이명이 들리고, 정신을 차릴 새도 없이 충격과 함께 나는 뒤로 나가떨어졌다.

파악!

"컥!"

나를 몸통으로 들이받은 형사가 벌떡 자리에서 일어나며 내 멱살을 잡아 일으켰고, 나는 핏물을 뱉어냈다.

그리고 그대로 머리로 박치기해 버린다.

쾅!

형사가 기우뚱하며 쓰러지고, 나는 허둥지둥 자리에서 일어났다.

"야아……! 이 개…… 새…… 끼들아!"

미친 듯이 포효하며 달려오는 형사 한 명에게 시원하게 잽을 먹인다.

콰앙!

턱 끝에 주먹이 제대로 틀어박히고, 빠르게 주먹을 회수하며 왼손으로 어퍼컷을 날린다.

빠각!

하지만 역시 역부족이다. 부지불식간에 내 면상에 발차기가 날아들고, 나는 그대로 바닥에 쓰러졌다.

"헥, 헥……."

그리고 그런 내 머리 위로 임강백의 구둣발이 떨어진다.

"끄윽……."

내가 안간힘을 쓰며 고개를 들려고 하자, 임강백이 다리에 힘을 주며 말했다.

"드디어 잡았다. 이 암 덩어리 새끼들."

"끄어억……."

나는 눈을 희번득하게 떴다.

빗물에 잔뜩 젖은 채 비릿한 미소를 흘리는 임강백 때문이 아니다. 달아나는 조승희의 모습 때문이다.

피셔. 내 대장…….

내 우상, 내게 주었던 희망, 황금, 내 성공.

내 모든 것이!

나를 버리고 홀로 달아난다.

나는 소리쳤다.

"이! X발 새끼야……!"

하지만 또다시 내려찍는 임강백의 구둣발에 내 일갈이 쏙 들어가 버린다.

"컥, 커억……."

"어디서 주둥아리를 함부로 놀려."

속이 아려온다.

하악, 하악.

참을 수 없는 극한의 분노에 치가 떨릴 지경이다. 눈에서는 눈물이 흐르고, 입에서는 침이 흘러나오지만 내 눈은 오로지 사라지는 조승희의 뒷모습만을 주시했다.

차가운 강우기의 빗물도, 분노를 제어하기엔 역부족이다.

개새끼, 죽어버려!

"오케이!"

그리고 떨어진 오케이 사인에 온몸에 힘이 빠져, 그대로 쓰러져 버렸다.

"하아……."

무술 감독이 내 쪽으로 제일 먼저 달려와 손을 뻗어 나를 일으켜 주었다.

"웃. 감사합니다……."

"재희 씨, 액션에 군더더기가 없는데?"

"후, 괜찮았나요?"

"괜찮다마다!"

한만희 감독님이 직접 수건을 들고 내게 달려왔다.

"어디 다친 데 없죠?"

"예? 괜찮습니다."

"모니터 보고 진짜 다친 줄 알았잖아요."

그러면서 기분 좋은 듯 소리쳤다.

"연기도 잘해, 외국어도 잘해, 액션도 잘해. 대체 빠지는 게 뭡니까? 자! 우리 도 배우를 위해 박수!"

"와아!"

한만희 감독의 외침에, 힘찬 환호와 함께 박수 소리가 터져 나왔다. 나는 얼떨떨한 이 기분을 감추지 못했다.

동시에 연기, 외국어, 액션.

이번 중국 촬영을 통해 비로소 확신이 생겼다. 조승희가 닿아 있는 곳보다 더 높은 곳을 바라봐도 좋겠다는 확신.

왜 해외 촬영이 힘들다고 하는지는 첫날부터 알았다.

이건 마치, 방송을 코앞에 두고 있는 드라마나 다름없었다. 비가 오거나 촬영이 힘들 때는 조금 휴식을 취할 법도 한데.

"이거 실내 신으로 변경하고. 111신이랑 114신 촬영 날짜 바꿀 수 있는지 확인해."

정말, 뭐라도 찍어낸다.

그래. 기간이 정해져 있는 해외 촬영의 경우 기간 안에 못 찍게 되면 문제가 생기니까 어쩔 수 없는 것인데.

"서두릅시다!"

"……."

죽을 것 같다고요.

마치 '이리 와서 연기해!'라며 누가 머리끄덩이를 잡고 촬영장에 끌고 다니는 듯했지만 감독님이 이렇게까지 서두르시는데, 배우들이 어쩔 수가 있나. 다 소화해야지.

"후우."

촬영장에선 항상 최상의 컨디션을 유지하던 조승희조차 지친 기색으로 변한 로케이션 4일 차. 나는 모니터 뒤 의자에 앉아 롱패딩을 이불처럼 덮은 채로 턱까지 흐를 듯한 다크 서클과 사투를 벌이고 있었다.

"이거, 티 많이 나겠죠?"

"오빠 어제 잠 설쳤죠? 이 정도면 연결 될 것 같은데. 분장으로 가려야 할 것 같아요."

"아, 그래요?"

"가려질지 모르겠네. 아이 참! 잠시 눈 위로 떠보세요."

나는 눈을 위로 한껏 치켜떴고, 분장팀이 내 눈 밑에 뭔가를 덕지덕지 바르기 시작했다.

으아, 간지러워.

메이킹 필름을 촬영하는 스텝은, 이 우스꽝스러운 모습이 뭐가 그리 즐거운지 카메라에 담으며 연신 웃고 있다.

"큭큭."

"……."

아이, 좀. 저 초상권 없습니까.

촬영 현장은 '드림 오브 시티' 1층 로비다.

"자! 가볼까요?"

촬영에 한창 열을 올리던 그때, 기차 화통이라도 삶아 먹은 듯 큰 소리가 들려왔다.

"아이고! 고생이 많으십니다."

고개를 돌려보니, JW미디어 투자 대표 엄 부장이었다.

왜 또 왔어.

위풍당당한 발걸음은 여전했지만 처음 보았을 때 느꼈던 그 특유의 오만함은 사라진 모습이었다. 오히려, 숙련된 영업사원

같은 얼굴이다.

"으흐흐. 고생이 많으십니다."

그의 손에는 웬 박스가 하나 들려 있었고, 제작부들이 줄지어 박스를 들고 안으로 들어섰다.

그는 곧장 한만희 감독에게 다가가 말했다.

"아이고, 감독님. 타지에서 얼마나 고생이 많으십니까."

그러고는 박스에서 피로 회복 음료와 강장제 한 포를 꺼내 한만희 감독에게 건네며 말했다.

"이것 좀 드시면서 하십시오."

"아…… 예."

"감독님. 정말 고생이 많으십니다. 저희 영화를 위해 이렇게 힘쓰시니, 존경스럽습니다."

얼마 전에 있었던 일 따위는 잊은 채 한만희 감독에게 존경스러운 눈빛을 보낸다.

한만희 감독 역시 수상하다는 듯 바라보았지만 엄 부장은 오히려 뻔뻔한 얼굴로 제작부를 독촉했다.

"어이, 어이! 빨리 다들 나눠드리라고."

사람이 갑자기 변하면 죽는다던데, 어떻게 저렇게 변할 수 있지?

시선이 너무 노골적이었는지, 엄 부장은 나와도 눈이 마주쳤다. 그런데 이전과는 눈빛이 조금 달랐다. 뭐 묻은 강아지처럼 적대심을 드러내던 이전과는 다르게 오히려 애지중지 키우는 새끼라도 보듯, 흐뭇한 아빠 미소를 지으며 말했다.

"재희 씨, 분장 수정 중이신가 보네요?"

"……예? 아, 예."

"요즘 연기 평이 아주 좋던데요? 마지막까지 잘 부탁합니다. 그리고……."

그러고는 느끼한 미소를 흘리며 말했다.

"오늘이 중국 마지막 촬영이죠? 촬영 끝나고, 저랑 커피 한잔합시다."

"……."

내가 왜?

"단둘이서."

그러고는 아무 일도 없었다는 듯, 등을 돌렸다.

뭐야? 도대체가.

6장

어제의 적은, 내일의 술구

내 촬영 분량이 모두 끝났다. 하지만 어디까지나 '나와 피셔 일당'의 촬영 분량이 끝난 것이지, 조승희나 임강백은 중국에 나흘은 더 있어야 한다.

조승희가 장난스럽게 우는소리를 했다.

"아이고, 재희 따라 한국 가고 싶다. 요즘 따라 우리 아들이 너무 보고 싶어요. 감독님 저 한국 보내주시면 안 돼요?"

"엑? 언제는 육아보다 현장이 좋으시다면서?"

한만희 감독은 껄껄거리며 웃더니, 내 어깨를 두드리며 진심 으로 축하해 주었다.

"재희 씨! 고생 많았어요. 정말로."

"감독님도 고생 많으셨습니다."

"한국 가서 봅시다."

"네. 감독님."

"어서 가요."

나를 향한 스텝들의 환호가 터져 나왔다.

이로써 당분간 〈피셔〉와는 작별이다. 뭐, 한국에 돌아가서 크로마 스튜디오에서 차량 신 CG 촬영과 나레이션 녹음 일정이 잡히긴 하겠지만, 끝난 것이나 다름없다.

"고생했다."

재익이 형이 내 어깨를 두드렸다.

후, 뭔가 좀 후련하면서도 시원섭섭한 기분을 느꼈다.

장장 3개월 가까이 달려온 〈피셔〉는, 나의 데뷔작이면서 동시에 천만 감독 한만희, 톱스타 조승희와 임명한이라는 롤모델, 그리고 우연히 알게 된 외국어에 관한 기막힌 능력까지 선물해 준 내게 여러모로 소중한 작품이다.

그리고.

"아이고! 커피 한잔하자니까."

엄 부장은 허겁지겁 달려와, 차 키를 흔들며 말했다.

"타세요. 공항까지 태워다 드릴게."

"아, 저희는 스텝 콤비 타면 되는데요."

내가 리조트 주차장에 서 있는 중형 콤비를 가리키며 말했지만 엄 부장은.

"아이, 참."

내 캐리어를 제멋대로 자신의 트렁크에 실어버렸다.

"제가 너무 태워드리고 싶어서 그럽니다."

그러고는 어울리지 않게 사람 좋은 미소를 지으며 뒷문을
열어 내게 자리를 권했다.

"……뭐야."

재익이 형을 바라보았는데, 재익이 형은 약간 미심쩍은 눈빛
으로 고개를 끄덕였다. 일단은 맞춰주자는 의미였다.

재익이 형이 보조석에 앉고, 내가 뒷좌석에 올랐다.

"자, 출발합니다."

그리고 우리는 말없이 공항을 향해 내달렸다.

나는 뒷좌석에 앉아 고민에 빠졌다.

투자자가 내게 할 말이 뭐가 있을까?

차가 달리는 내내 고민해 봤지만, 알 턱이 없다.

그리고 그 대답은 비행기 시간을 기다리기 위해 들린 공항
내부의 프렌차이즈 카페에서 들을 수 있었다.

"자, 여기 우리 도 배우님 아이스 아메리카노. 매니저님은 카
페라떼."

"……."

"씹을 거리는 안 필요해요?"

"아, 네. 괜찮습니다."

왜 이렇게 착하게 구는 거지?

엄 부장은 무척이나 들뜬 얼굴로 내 맞은편에 앉았다.

"흐흐, 드세요."

엄 부장의 이런 태도에, 재익이 형이 얼굴을 조금 딱딱하게 굳히며 선을 딱 그어버렸다.

"엄 부장님. JW가 엔터 사업도 하고 있으니 혹시나 해서 드리는 말씀인데요. 혹시 재희에게 관심 있어서 그러신 거라면…… 아직 저희랑 계약 기간도 많이 남았고……."

"아, 그런 거 아닙니다."

엄 부장 역시 칼같이 대답했다. 그리고 여유로운 얼굴로 커피를 권하며 말했다.

"우선 목부터 축이자고요."

"……."

쪼로록.

그리고 어울리지도 않는 달달한 딸기 스무디를 양껏 들이켜고는 말했다.

"저번 일 때문에 조금 서운하게 느끼실 수도 있는데, 저희 그렇게 양아치는 아닙니다."

아, 그러세요.

재익이 형이 물었다.

"제가 자리를 피해드려야 하나요?"

하지만 엄 부장은 손사래를 치며 말했다.

"앉으세요. 숨길 것도 없어요. 어차피 매니저님도 들으셔야 하는 얘깁니다."

그 말은 나를 빼가려는 이야기가 아니라는 소리다.

재익이 형과 내 시선이 마주쳤다. 나는 무슨 말인지 도통 모르겠지만, 재익이 형은 어떤 얘기를 할지 대충 감이 온다는 얼굴이다.

재익이 형이 물었다.

"혹시, 투자 제안을 하시려는 겁니까?"

재익이 형의 질문에 엄 부장이 엄지와 검지를 강하게 튕기며 말했다.

따악!

"비슷합니다. 대화가 빠르겠네요."

엄 부장이 제법 진지한 얼굴로 다음 말을 이었다.

"재희 씨. 우선, 저번 일은 정말로 미안했습니다."

"예?"

"인천이요. 제가 무례했습니다."

잘은 모르겠지만, 엄 부장은 내게 사과를 하고 있었다.

"이해해 주시길 바랍니다. 사실 이 바닥이라는 게, 어쩔 수 없이 기 싸움도 벌이고. 가끔은 판을 들었다가 그냥 놓기도 하고. 뭐, 다 그런 거 아니겠습니까. 일전에는 제가 재희 씨의 연기를 보기 전이라…… 뭣도 모르고 심술을 좀 부렸습니다. 민우가 저희가 키우는 배우기도 하고, 기회를 좀 줘도 되겠다고 생각은 했는데."

했는데?

"세상은 넓고 인재는 많더군요. 솔직히 말씀드리면 그날. 윤민우고 뭐고, 재희 씨에게 홀딱 반했습니다."

놀랍게도 엄 부장의 말에는 진심이 담겨 있었다.

인천에서 있었던 갑질 논란과 윤민우와는 관계없이 내 연기를 본 이후에 '배우 도재희'에게 궁금증이 생겼다는 것이다. 그리고 엄 부장이 말하고자 하는 바도 확고하다.

"재희 씨. 〈피서〉 촬영도 끝났는데, 스케줄이 어떻게 되십니까?"

"아직 촬영 중인 영화가 하나 남았습니다."

"음, 그러시군요. 툭 터놓고 말씀드리겠습니다."

이 바닥에서는 서로가 원하는 것만 같으면.

"다음 달 그러니까 6월 즈음에 저희 회사에서 미니시리즈 하나를 제작할 예정인데."

"……."

"거기에 재희 씨를 주연으로 쓰고 싶습니다."

어제의 적도, 내일의 동지가 될 수 있다.

엄 부장이 내게 미끼를 던졌다.

자, 던져진 미끼. 이걸 받아먹을 것인지 말 것인지는 이제 철저히 내 의사에 달렸다.

엄 부장이 말했다.

"드라마 종영 시기와 '피서'의 개봉 시기가 묘하게 맞아떨어지죠?"

드라마가 종영 예정인 9월, 추석에 개봉하는 〈피서〉. 아마도 이것 역시 의도된 것이다. 드라마를 통해 '내' 인지도를 높이고, 비슷한 시기에 개봉하는 영화에 직접적인 영향력을 끼치겠다는 생각. 비싼 광고료 안 들이고도 두 배의 각인 효과를 볼 수 있으니 많은 제작사에서 사용하는 방식이다. 그렇다고 조승희나 임강백에게 드라마를 제안할 수는 없으니, 가장 적합한 사람이 '나'인 것도 분명하다.

하지만, 진짜 이유가 뭘까.

"진짜 이유가 뭡니까?"

가만히 놔둬도 어느 정도의 '흥행'이 보장된 〈피서〉가 그 이유의 전부는 아닐 것이다.

내 질문의 의미를 간파한 엄 부장이 순순히 고개를 끄덕였다.

"솔직하게 말씀드리죠. 여지를 달라는 표현이랄까요?"

"여지?"

"네. 다른 이유는 없습니다. JW미디어는 엔터도 운영하지만, 결국 제작삽니다. 실력 있고 유망한 배우가 눈앞에 있는데, 제 실수로 놓치고 싶지는 않으니까요."

즉, 자신에게도 여지를 달라는 것이다. 실수를 반성하고, 나와의 '접점'을 만들 수 있는 여지를.

"제 제안이 굉장히 이상하다는 것도 압니다. 불과 며칠 전에 그렇게 못살게 굴던 사람이, 한순간에 바뀌었으니까요."

하지만 엄 부장은 딱 하나만 생각하라고 말하고 있다.

"재희 씨가 얻게 될 이익만 생각하세요. 그 어느 제작사도 지금의 재희 씨에게 미니시리즈 '주연'을 권유하지는 않을 겁니다. 미니시리즈를 통해 당장 치솟을 인지도, 거기에 〈피셔〉의 흥행에 도움이 되는 것은 덤. 이렇게만 생각하세요."

그야말로 폭풍과도 같은 제안이다.

하지만, 너무 빛 좋은 개살구가 아닌가? 덥석 물어버릴 수도 있는 달콤한 과실, 만약 이 모든 것들이 결국 알맹이 없는 껍데기뿐이라면?

내가 입꼬리를 올리며, 단호하게 말했다.

"물건도 안 보여주고 팔려고 하십니까."

장사의 기본이 안 되어 있네. 주연이라면, 내가 덥석 잡을 줄 알았나 보지?

"아……. 대본은 보셔야죠. 그래도 MKC 공모전 당선작이라 컬리티는 있을 겁니다. 일단 한국 들어가는 대로 보내드리겠습니다."

그리고 하나 더 있다.

〈피서〉가 개봉되기 전에야 그 누구도 내게 '주연'을 제의하지 않겠지. 그건 엄 부장 말이 맞다.

하지만 〈피서〉의 뚜껑이 열리게 되면 상황은 급격하게 달라질지도 모른다. 이들은 결국 장사꾼이다. 내 몸값이 쌀 때 데려다가 〈피서〉 개봉 직전에 최대한 단물을 빨아먹으려는 심보로 보는 것은 과한 비약일까?

물론, 이런 생각을 입 밖으로 꺼내지는 않았다.

"우선, 생각 좀 해보겠습니다."

"예. 그럼 저는 화장실을 좀……."

엄 부장이 흡족하다는 듯 웃으며 일부러 자리를 비켜주었다. 코너로 사라지는 엄 부장의 뒷모습을 확인한 재익이 형이 숨을 크게 내쉬며 말했다.

"후! 이거 너랑 접점을 만들려는 거야. L&K와의 계약이 끝나는 시점에, 너를 JW로 데리고 올 수도 있으리라는 계산도 포함된 거라고."

"또 최대한 제 몸값이 쌀 때 뽑아먹으려는 의도도 숨어 있을 테고요?"

"……"

내 솔직한 말에 재익이 형이 별수 없다는 듯 말했다.

"그래. 목적이 깨끗하지는 않지만, 너에게 좋은 기회인 것도 사실이야. 이렇게 빨리 미니시리즈의 주연으로 올라설 기회도 흔치 않으니까. 일단, 같이 고민해 보자."

배우 도재희와 작품을 하고 싶다는 말 뒤에 숨겨진 여러 가지 칼날들. 나는 이 칼날의 궤적을 정확히 인지해야 한다.

"한국 들어가서 대표님이랑 상의해 봐야겠다."

이럴 때 내가 취할 수 있는 최선은, 우선 열매가 탐스럽게 익기를 기다리는 것이다. 아, 중요한 것 또 한 가지, 착각하지 말자. 엄 부장이 내게 선택할 기회를 준 것이 아니라는 것. 패는 내가 들고 있고, 선택도 내가 한다. 그리고 프로의 선택은 결국 돈으로 말한다.

-박진우 연출 : 도 배우님. 촬영 때문에 많이 피곤하시죠? 죄송합니다. 그런데 저희도 촬영이 많이 밀려 있는 상태라…….

한국으로 돌아오고 곧바로 〈양치기 청년〉의 촬영 스케줄이 잡혔다. 인천에서 중국으로, 중국에서 전라북도 부안으로……. 미친 듯이 쏘다니며, 촬영에, 촬영이 이어졌다.

"야야, 재희야."

빨래처럼 차량 뒷좌석에 널브러진 나를 재익이 형이 흔들어 깨웠다.

"으어어!"

"……으휴, 놀래라. 좀비인 줄 알았네."

발작하듯 자리에서 일어나 주위를 살피니, 이미 어두컴컴한 새벽이었다.

시간은 새벽 3시 20분. 가로등과 편의점 간판에만 불이 들어와 있는 도곡동 빌라 건물 앞, 우리 집 앞이다.

"고생했어. 집에 들어가서 자."

"……형도 고생 많으셨어요……."

젠장. 드라마 두 개도 아니고, 영화 두 개라서 할 만할 것으로 생각했는데, 명백한 오산이다. 이틀 휴식이 주어졌기에 망정이지. 근데 이젠 드라마까지 하자고? 안 돼, 못 해. 이제 완전 방전이야.

드르륵!

차 문을 닫자 보조석 창문 너머로 재익이 형이 소리쳤다.

"내일모레 이사 준비 알지? 짐 챙겨 둬!"

아, 이사!

그 말에, 몰려오던 잠이 확 달아나는 기분이다.

"내일 봬요!"

최근, 도곡동 기숙사 방출 통보가 있었다.

"너, 방 빼야겠다. 이제 돈 벌었으니 독립해야지."

회사 기숙사를 떠나 방을 비워달라는 일방적인 통보였지만, 뭐랄까, 결혼식 청첩장처럼 매우 설레는 일이었다.

이제 정말로 돈 버는 배우가 되었다는 말이니까.

나는 기숙사로 들어가 방 안을 둘러보았다.

미니 냉장고, 선반 위의 가습기, 세탁기…… 여기 있는 모든 것들은 대부분 내 것이 아니다. 내 것이라고는, 쌓여 있는 책 대본들과 옷가지가 전부다.

"으쌰."

나는 앞으로 펼쳐질 새로운 '나의' 집을 상상하며 미리 받아두었던 파란 이사용 박스를 채우기 시작했다.

이사는 재익이 형이 도와주었다.

재익이 형도 쉬는 날이라 개인차를 타고 기숙사 앞으로 와주었는데, 오늘 재익이 형 개인차는 처음 봤다. 축제 차량을 몰던 베테랑 매니저 황재익이 아니라, 2005년 식 구형 코란도를 모는 제법 터프한 구석이 있는 재익이 형.

"이상해?"

국방 무늬의 카시트에서 제법 남자 냄새를 풀풀 풍긴다.

"큭큭, 아뇨."

재익이 형과 함께 트렁크에 박스를 옮겨 싣고 보조석에 올라탔다. 목적지는 사당동의 부모님 집이다.

"그런데 부모님 집으로는 안 들어갈 거라고 하지 않았나? 강남에 집을 구한다고 하더니."

재익이 형의 질문에 내가 순순히 고개를 끄덕였다.

"며칠 내로 바로 나올 거예요."

서울에 부모님 집이 있지만, 굳이 다시 나오려는 이유는 불규칙한 내 생활 패턴 때문이다. 새벽 4, 5시에 집에 들어오는 경우도 허다하고, 그때 눈을 뜨는 경우는 더 많다.

괜히 밥 먹이고 촬영을 보내야 하네, 어쩌네 하며 어머니 신경 쓰이게 하고 싶지는 않았다.

"그래? 그럼 그냥 바로 구해버리지. 왜 안 구했어?"

"조금 더 두고 보려고요."

만약 엄 부장과의 이야기가 잘 풀린다면, 집의 평수가 바뀔지도 모른다.

차량은 좁은 주택가 골목으로 들어섰다. 밤에는 주차할 공간도 없을 만큼 좁은 골목길이지만 낮이라 그런지 한산했다.

집 역시 마찬가지. 아버지는 출근하셨고, 어머님은 외출 중이셨다.

집 안까지 박스를 안전하게 운반한 재익이 형이 손을 털며
말했다.

"그럼 당분간 여기로 데리러 오면 되지?"

"네. 형, 식사하실래요? 도와주셨는데 제가 쏠게요."

"그럴까, 뭐 먹을래?"

"이삿날에는 역시 짜장면이죠."

"목에 먼지도 안 들어갔는데 무슨. 큭큭, 알았다. 짜장면 좋
지."

하지만 재익이 형이 등을 돌리려다 말고 휴대폰 문자를 확
인하더니 미간을 좁히며 말했다.

"이거, 아무래도 밥은 너 혼자 먹어야겠다."

"왜요?"

"엄 부장이 찬익이 형이랑 점심 약속 잡은 모양이야."

기다리던 순간이 왔다.

"계약서까지 전부 챙겨 들고 회사로 오겠다는데? 나도 가봐
야 할 것 같다."

내 시선이 집 현관 입구에 놓인 이삿짐 박스로 향했다. 정확
히는 책 대본이 들어 있는 박스 제일 위에 덩그러니 올려져 있
는 종이 뭉치, MKC 단막극 공모전에서 대상을 수상한 〈숨 닿
을 거리〉의 책 대본이었다.

재익이 형의 시선도 함께 움직였다.

"책 읽어봤지?"

"네."

"어땠어? 네 의견이 제일 중요하니까."

"대본은 재밌었어요."

솔직한 말로 대본은 좋다. 더구나 젊은 남자 연기자라면 누구나 탐낼 만큼 매력으로 가득하다.

하지만 하겠다는 이야기는 아니다.

"그럼 할 거야?"

"……."

엄 부장이 원하는 대로 그냥 움직여 주고 싶지는 않다.

어떻게 할까.

나는 잠시 대답을 망설였다.

우선, 엄 부장도 미끼를 던졌으니 나도 미끼를 던져볼까.

L&K 입장에서는 급하게 잡힌 미팅이었다. JW라는 굴지의 대기업에서 투자 제작 업무를 담당하는 '거물' 엄 부장. JW엔터의 상임 이사로도 유명한 그가 L&K에 직접 방문하는 목적은 딱 하나였다.

〈숨 닿을 거리〉의 주연을 도재희로 확정 짓는 것.

제시한 조건은 16회 고정 출연에 남자 주연, 회당 출연료는 천오백을 불렀다.

첫 방송 예정일은 7월 말에서 8월 초로, 2부작짜리 단막극을 추가 제작하면서까지 추석 시즌에 개봉하는 〈피서〉와 시기를 겹치게 잡아놓았다.

"신인 배우치고, 개런티도 나쁘지 않습니다."

엄 부장은 이 조건에 수락할 것을 확신하고 있었다. 서로가 윈윈할 수 있는 조건을 모두 갖추었다는 판단한 것이다.

신인 배우에게 미니시리즈 주연 보장은, 그만큼 달콤한 과일이니까.

하지만 이상하게도 대화는 '벽'에라도 가로막힌 것처럼 진전이 되지를 않았다. 엄청난 선물을 한 아름 가져왔는데, L&K 입장은 미지근하기만 하다.

엄 부장과 면담하고 있던 박찬익 팀장이 말했다.

"작품에 연달아 들어가다 보니, 요즘 재희가 많이 피곤해합니다. 미니시리즈 끝내고, 곧바로 영화 두 작품을 진행했으니까요."

"도 배우가 책은 읽어봤습니까?"

"네. 읽어봤습니다."

"뭐라고 합니까?"

"글쎄요……."

박찬익 팀장이 조금 난처한 얼굴로 변했다. 어딘가 할 말이 있는 듯한 얼굴이었다. 하지만 먼저 꺼내기는 민망한 듯 보이기도 했고, 그렇다고 이대로 안 하겠다고 공헌할 단호함은 없어 보였다.

지리멸렬한 밀고 당기기에 순간 짜증이 난 엄 부장이 먼저 입을 열었다.

"더 요구하고 싶은 조건이 있으시면 말씀해 보시지요."

그 말에 박찬익 팀장은 먹이를 노리는 매처럼, 눈을 빛내며 말했다.

"아직은, 그렇게 욕심이 나질 않습니다."

산전수전 다 겪은 엄 부장으로서는 이 말 속에 숨은 의미를 찾는 것이 어렵지 않았다.

"개런티를 올리자는 말씀이시군요."

"……."

"지금도 섭섭하지 않은 금액일 텐데요."

엄 부장의 말도 일리는 있었다. 회당 천오백만 원이 적은 돈은 아니다.

하지만 박찬익 팀장과 황재익은 지금이 강하게 나가야 할 때라는 확신이 있었다.

"말씀드렸다시피, 재희에게 당장 '필요한' 작품이 아닙니다.

지금 많이 지쳐 있기도 하고, 아직 영화도 하나 남았거든요. 또 지금은 조금 있으면 개봉할 영화를 기다리며, 오히려 컨디션을 조절해야 할 시기죠."

"하지만 아직 신인인데 중요한 시기에 다음 작품 들어갈 타이밍을 놓쳐서 대중들에게 잊혀지기라도 하면……."

"날아오르기 위해 잠시 숨을 고르려는 겁니다. 지금 뛰지 않아도, 곧 상승기류를 탈 테니 무리할 필요는 없지요."

즉, 우리는 '푼돈'은 필요 없으니, 필요하면 액수를 더 크게 불러보라는 의미다. 협상이라는 것이 기본적으로 더 원하는 쪽이 애가 타게 마련이다. 이 테이블 위에 올려져 있는 무게 추도 이미 심각하게 기울어진 상태로 시작했다.

박찬익 팀장은 눈으로 말하고 있었다.

'아쉬운 사람은 내가 아냐.'

그리고 웃으며 말을 이었다.

"저희 재희를 생각해주서서 너무 감사하지만, 저희가 그렇게 작품이 급하지는 않습니다, 부장님. 하하!"

주도권을 이쪽이 잡고 있다고 생각했던 대화에서, 오히려 박찬익 팀장이 넉살 좋게 웃으며 받아치고 있다. 그리고 엄 부장의 기분을 생각한 양념도 잊지 않았다.

"'피서'가 개봉하고 난 뒤에 재희 몸값과 인지도도 덩달아 뛸 텐데요. 이게 다 JW미디어 덕 아니겠습니까?"

"그나저나, 이번 '피서' 정말 잘 될 것 같지 않습니까? 감독님 따라 그림 확인할 때마다 감탄을 금치 못했습니다. 영화 기가 막히던데요?"

"JW에서도 기대가 크겠습니다."

오히려 크게 당황한 쪽은 엄 부장이었다.

옳다구나 하고 받아들일 것이라 예상했던 제안이다. 그리고 이 제안으로 도재희와의 인연의 끈을 이어, 일종의 '미니시리즈 주연 데뷔 기회를 준 스폰서'로 관계를 맺어볼 요량이었다. 또 이 관계를 발판삼아 나중에는 JW엔터로 데리고 올 수도 있다는 생각도 없지 않았다.

그런데 오히려 넙죽 받기는커녕 조건을 건다.

'돈을 더 달라고?'

엄 부장이 내색하지 않고 말했다.

"그래서 얼마를 원하십니까?"

박찬익 팀장이 검지와 중지를 곧게 펼쳤다.

그 손을 노려보며 엄 부장이 되물었다.

"이천?"

"아뇨. 두 배로 하시죠."

회당 삼천이면 여전히 일류 남자배우들의 기준에는 한참 못 미치는 금액이지만, 작년에 막 데뷔한 신인에게는 이례적일 정도로 파격적인 금액이다.

엄 부장이 황당하다는 듯 웃어버렸다.

"허허, 농담이 지나치시네요."

"예?"

"저희 입장에서 멀쩡히 잘 크고 있는 윤민우를 두고, 굳이 도 배우로 도박을 하는 겁니다. 그런데 판돈을 올리자고요? 저희가 왜 굳이 도 배우에게 기회를 주려는 거겠습니까? 저희는 자선사업가가 아닙니다. 이게 다 서로 좋자고……."

하지만 박찬익 팀장도 황당하다는 듯 말을 끊으며 말했다.

"자선사업가라니……."

"예?"

"싸고, 연기 잘하고, 수익 좋고, 효율 좋고, 알 먹고, 꿩도 먹고."

박찬익 팀장은 여전히 실실 웃는 얼굴로 말했다.

"좋은 이유 많은데요? 부장님."

"……."

그게 효과적이었으니까.

엄 부장이 턱밑까지 치고 들어온 공격에 잠시 주춤했다. 그 얼굴에는 고민하는 기색이 역력했다.

자신에게 무안을 준다는 이유로 화를 내는 것이 옳을까, 아니면 한 수 물러나는 것이 맞을까.

그런 엄 부장에게 박찬익이 쐐기를 박았다.

"될성부른 떡잎인 건, 진작 알아보셨으면서……."

뒷말에는 '왜 아끼십니까?'라는 뜻이 숨겨져 있었다.

위로 치솟아 오를 일만 남은 최고의 우량주, 상장되기만을 대한민국 모든 주식 투자자들이 기다리고 있는 이 주식 한 주를, 거저먹으려고 하는 엄 부장을 향해 날린 경고였다.

'너희 좋은 쪽으로만 설계하려고 하지 마.'

그리고 이 메시지를 정확하게 파악한 엄 부장은, 자존심이 상했지만 알아들었다는 듯 고개를 끄덕였다.

"후! 근데 그 정도면 도 배우도 오케이입니까?"

일종의 패닉 바이(Panic Buy)라면 패닉 바이지만, 그 이상의 값어치는 충분히 해주리라는 확신이 선 것 같았다.

엄 부장의 질문에 이번에는 황재익이 대답했다.

"제가 잘 설득해 보겠습니다."

··· 7장 ···

집안싸움

회당 삼천.

엄 부장은 '특별 출연'을 빌미로 나를 가지고 논 죗값을 비싸게 치러야 했지만, 서로의 이익을 위해 손을 잡았다.

나는 〈양치기 청년〉 촬영이 끝남과 동시에 휴식기 없이 브라운관에 복귀하게 될 것이고, 쉴 틈 없이 돌아가는 수레바퀴에 나는 또다시 몸을 싣고 달려가겠지.

자, 좋은 쪽만 보자.

엄 부장은 내게 홀딱 빠져 있는 돈독 오른 생쥐이며, 일종의 조커 카드이기도 하다. 이용할 수 있는 것은 서로가 이용하면 되는 것이다.

여기서 내 짧은 싸움이 마무리된 줄 알았는데, 아니었다.

L&K의 공동대표인 권우철 대표는 이번 일 때문에 웃어야할지 울어야 할지 모르겠다며, 언제 저녁을 함께 먹자고 말했다고 한다.

"이유가 뭔데요?"

회사 대표가 내 계약으로 인해 기쁜 일도 아니고, 난감하다며 저녁을 먹자는 이유가 뭘까.

재익이 형이 말했다.

"주원이 알지? 임주원."

"알죠."

알지. 어찌 잊겠는가? 〈청춘 열차〉에서 나와 같은 역할 오디션을 보고 내게 밀렸던 후배이자, KTN에서 신인 남자 연기상을 받은 우리 회사의 효자 배우를 말이다.

"주원이가 이번에 KTN 후속 미니 들어가거든. 주연인데, 너랑 동 시간대 경쟁작이야."

"······아."

임주원 미니시리즈 데뷔작에 내가 초를 쳐버렸네.

〈양치기 청년〉은 전라북도 부안, 한 곳을 메인 촬영지로 두었기 때문에 촬영 속도가 빠를 수밖에 없었다. 또, 한 번 지방에 내려가면 짧게는 2박 3일씩, 길게는 일주일씩 서울에 올라오지 않았고, 이러한 패턴이 5월 내내 반복되다 보니 5월 마지막 주에는 촬영이 모두 끝이 났다.

"수고하셨습니다!"

"다들 정말 고생 많으셨습니다! 우리 영화 대박 기원!"

대략, 한 달 반 정도만에 찍은 셈이다.

마지막 촬영이 끝나고 모든 스텝과 배우들이 뒤섞여 환호했지만, 박진우 연출이 조금 아쉬운 얼굴이었다. 그는 진심으로 아쉬워하고 있었다.

"도 배우님과 사적인 시간이 더 많았으면 좋았을 텐데, 더 많은 대화를 나누지 못한 것이 아쉽습니다."

짧은 이별을 준비하는 과정이었다. 내가 미니시리즈에 '주연' 으로 들어가게 되었다는 이야기는 당연히 박진우 연출의 귀에 들어갔다.

마음 약한 박진우 연출 입장에서, 자신은 뜰지 안 뜰지 모르는 일개 '독립영화' 감독이지만, 나는 점점 높은 곳으로 날아오르고 있었다.

아마 이 영화가 잘 되지 못한다면, 다시는 나와 인연의 끈을 이어나가지 못할 것이라고 지레 겁먹은 듯했다.

하지만 나는 고개를 저었다.

"영화도, 저희 관계도 이제 시작일 뿐입니다. 감독님."

나는 이 영화를 바탕으로 박진우 연출이 비상할 것을 의심하지 않는다.

[100/100]+a

내 능력이 말해주고 있고, 내 눈으로 직접 겪었던 이 현장만이 간직하고 있는 '뜨거움'과 '치열함'이 말해주고 있다.

나는 이 현장을 '작은 거인'이라고 말하고 싶다. 메이저의 자본력으로도 흉내 낼 수 없는, 어떠한 '힘'이 있는 작품, 박진우 연출은 〈양치기 청년〉을 발판삼아 저 높은 곳까지 날아오를 것이다.

"감독님이 약속하셨지 않습니까? 제 등에 날개를 달아주겠다고요."

조만간 더 높은 곳의 공기를 마시며, 나와 차기작을 함께할 것이다.

"다음 작품에서 저 또 써주셔야죠, 감독님."

아니, 반드시 그래야만 한다.

"하하, 그래야지요."

"자신 없으신 겁니까?"

내 질문에 박진우 연출이 눈에 조금 힘을 주었다.

"……아뇨. 자신 있습니다. 영화는 제 뜻대로 완벽하게 찍혔습니다."

"그런데 뭐가 걱정이십니까?"

내 질문에 박진우 연출이 아쉬운 얼굴로 말했다.

"모르겠습니다. 첫 장편이다 보니…… 생각이 많아집니다. 돌이켜 보면 아쉬운 부분도 떠오르고 또, 너무나 좋은 재료를 제가 망치지는 않았나…… 괜히 겁도 나고 그럽니다."

자신의 실력을 맹신하거나 아둔하지도 않고, 재능을 믿고 오만하게 굴지도 않는다. 그러면서도 이 영화의 영향을 가장 많이 받을 주연배우인 '나'를 제일 먼저 배려한다.

역시, 좋은 사람이다.

하지만 나는 짐짓 눈을 가늘게 뜨며 말했다.

"이거, 사기당한 기분인데요?"

"예?"

"제가 반했던 감독님 모습은 이런 모습이 아닌데요? 벌써 슈트 맞춰놨단 말입니다. 저, 영화제 데려가 주신다고 하지 않으셨습니까?"

"……아아."

내 농담에 말에 박진우 연출이 생각났다는 듯, 웃음을 터뜨렸다.

"크흡. 그랬지요. 요즘 너무 감격스러워서, 자꾸 깜빡깜빡합니다."

"저는 감독님을 믿습니다. 너무 부담 갖지 마시고, 후반 작업 마무리 잘하시고 연락 주십시오."

박진우 연출이 그제야 활짝 웃어 보였다.

"네! 도 배우님."

잠시, 안녕이다.

사람들이 복권을 사는 심정을 알겠다.

안 되겠지만, 어차피 꽝이겠지만 이런 전제를 앞에 깔아두고 가벼운 마음으로 그냥 복권 한 장 사서, 지갑 속에 지니고 있는 사람들의 마음. 그냥 그 행위만으로도, 두근두근 복권 당첨을 기다리며 지루한 평일이 행복해지기도 한다.

비유는 조금 다르지만, 당연히 가벼운 마음으로 영화를 찍지는 않았지만 나는 〈피서〉와 〈양치기 청년〉 이라는 두 장의 복권을 고이 접어, 잠시 내 지갑 속에 넣어두었다.

이제는 기다리는 거다. 이 두 영화가 불러올 파장을 감히 짐작하지 못하지만, 그냥 이렇게 개봉을 기다리고 있는 것만으로도 가슴 한편이 뿌듯해진다. 마치 소풍 전날의 들뜬 어린아이처럼 웃음도 피식피식 튀어나온다.

"뭐가 그렇게 재밌어?"

"음, 아무것도 아니에요."

"어디까지 얘기했었지? 아! 너 대표님이랑 밥 먹는 건 처음인가?"

"네."

오늘은 일종의 '회식'이 있다. 일전에 L&K 공동대표인 권대표가 제안했던 저녁 식사 자리인데, 단둘의 식사 자리가 아니라 L&K 헤드급이 모이는 회식으로 변했다.

이런 자리는 오래 끌 필요가 없다.

우리는 회사 인근에 있는 고급 한정식 레스토랑 야외 주차장에 차를 세우고 차에서 내렸다. 그런데 마침, 반대편에서 흰색 카니발 뒷문이 열리는 모습이 눈에 들어왔다.

"……"

임주원이었다.

"여어, 이제 오냐?"

"딱 맞춰서 왔네. 왜 이렇게 차가 막히냐?"

매니저들끼리는 살갑게 인사를 나눴지만, 배우들은 다르다. 남자배우들도 자존심 싸움을 벌이는 여배우처럼 낯을 가리며, 서로를 의식한다.

"왔어?"

내 물음에 임주원은 나를 향해 쓱 고개를 숙여 보이는 게 전부였다. 그리고 가까스로 꺼낸 인사 한마디.

"예. 오셨어요."

"……."

나는 딱히 입을 열지는 않았다. 평소에 그랬던 것처럼, 아무 것도 모르는 얼굴로 그냥 무덤덤하게 바라볼 뿐이다.

L&K 공동대표인 권우철 대표와 박찬익 팀장을 제외한, 매니지먼트 1팀 매니저 세 명과 기획 팀장, 홍보 팀장까지 참석한 회식 장소는 강남의 고급 한정식 레스토랑이었다.

그림 같은 테라스와 화려한 대리석을 기반으로 지어진 서양 풍 건물. 기다란 녹청색 테이블 위에 뜻밖의 선물과도 같이 정 갈한 한정식 코스 요리가 펼쳐졌다.

오색찬란한 음식을 사이에 두고 앉은 나와 임주원은 서로를 향해 단 한 마디의 개인적인 대화도 주고받지 않았지만, 장내 의 분위기는 전체적으로 밝은 편이었다.

임주원과 내가 모두 미니시리즈에 주연으로 데뷔했으니 그 럴 수밖에 없다.

대표 입장에서는 누구 하나 포기할 수 없는 아끼는 자식들 이고, 한 작품이라도 더 팔기 위해 동분서주하던 여기 모인 매니저들 역시 당연히 그럴 것이다.

'경쟁 프로'라고 견제하기보다 오히려 서로를 축하해 주자는 의미가 컸다. 즉, 이 자리는 게임 시작 전에 양 팀의 선수들이 서로 악수를 나누는 '친선'에 목적이 있는 셈이다.

권우철 대표가 맥주잔을 들어 올리며 무언가 재미있다는 듯 웃었다.

"이런 경우가 예전에도 있었지? 일전에 '용의 무사'랑 '옥탑방 신드롬'이 같이 방영할 때, 주연배우들이 모두 차 대표네 식구들이었잖아."

"언제 적 얘기를 하세요? 기획사도 몇 없던 시절인데."

"후후, 그랬나? 아무튼, 이런 일이 흔치 않기는 하지."

최근 케이블 채널이 강세를 보이고 있다고는 하나, 여전히 드라마의 주 소비층은 지상파 방송 삼사다.

방송 삼사 중 두 곳인 KTN과 MKC의 3/4분기 미니시리즈 주연을 모두 L&K에서 꿰찼으니, 회사 입장에서는 여러모로 '되는 해'인 셈이다.

홍보 팀장이 깔깔 웃으며 말했다.

"나는 뭐해? 그냥 아무나 응원하면 되는 거야?"

"도재희! 임주원! 아무나 이겨라!"

"큭큭큭……! 그거 좋은데?"

물론, 나와 임주원의 드라마 방영 시기가 조금 차이가 났다면 더 좋았겠지만, 캐스팅은 천운이오, 물이 들어왔을 때 노를 저어야 하는 법이다.

어쩌겠는가? 오히려 이를 '이용해' 더욱 화제성을 끌어모아야지.

[임주원 VS 도재희. 벌어진 집안싸움!]

[누가 이기든, 웃는 쪽은 L&K.]

언론에서 얼마나 비슷한 제목의 기사를 뽑아낼지 벌써부터 훤히 보이는 듯했다.

"어쨌든, 올여름 재밌겠다. 박 터지겠는데?"

"……그런가요?"

임주원은 겉으로는 웃고 있었지만, 나는 알고 있다. 가식적인 마스크 뒤에 숨어 있는 진짜 감정을.

원래 같았다면, 자기 혼자 축배를 들어야 할 자리다. KTN의 주말드라마와 일일드라마에서 빡센 '녹화' 현장을 참아가며 힘들게 미니시리즈까지 기어 올라왔으니까.

'이 파티의 주인은 나야!'

임주원은 이렇게 외쳤어야 옳다.

하지만 그에 반해 나는 정말 말도 안 되는 '금액'과 '캐스팅'으로 한 번에 미니시리즈까지 굴러들어왔고, 이 파티의 즐거움을 나눠먹고 있었으니 얼마나 배알 꼴릴까.

그때, 박찬익 팀장이 장난스럽게 임주원의 어깨를 두드리며 말했다.

"그나저나, 주원이…… 긴장 좀 되겠는데? 상대가 이번에 좀 안 좋아?"

동시에 임주원의 미간이 살짝 뒤틀린다.

저 대사.

언제 들어봤나 싶었더니, 박찬익 팀장이 작년 10월에 내게 했던 말이다.

L&K 최고 유망주이던 '임주원'과 같은 배역 오디션을 봐야 하는 상황에서 박찬익 팀장은 내게 '재희, 긴장 좀 되겠는데?' 라고 물었었지.

최고 유망주와의 오디션 배틀이었다. 하지만 정확히 반년 만에 상황은 역전되었다.

그 당시 유망주는 여전히 유망주에 머물러 있고, 유망주 축 에도 들지 못하던 나는, 1군 엔트리를 위협할 언더 독으로 빠 르게 성장했으니까.

그런데 웬걸.

그대로 표정을 구길 것이라 예상했던 임주원은, 오히려 장난 스럽게 웃으며 말했다.

"에이, 제가 긴장이 왜 되겠어요? 저도 오히려 재밌을 것 같 은데요?"

허세를 부리는 건지, 정말로 재미있게 느껴지는 건지 오히려 나를 똑바로 바라보며 묻는다.

"그렇죠, 형. 형도 재밌겠죠?"

"……"

도발인가.

나는 고개를 끄덕여 주었다.

"뭐, 그래."

그리고 맥주잔을 들어 올리다 11인석 테이블의 가장 상석에 앉아 있던 권우철 대표와 눈이 마주쳤다. 대표는 흥미롭다는 듯 눈은 나를 보고 있었지만, 입은 오히려 기획 팀장과 대화를 나누고 있었다.

"SBC에는 동 시간대 누구로 확정됐어?"

"아직 확정 안 됐어요. 아역이 주연인 내용이잖아요. 캐스팅 난항은 이미 예상했던 일이죠."

"그래, 물망은?"

"철형욱, 배제성 정도. 아역은 오디션 중이에요."

"철형욱만 아니라면, 우리가 1, 2위 전부 가져갈 만하겠네."

그러고는 나와 임주원에게서 시선을 떼지 못한다. 아마 나와 임주원을 번갈아 바라보며 그림을 그려내고 있지 않을까.

알파고가 대국을 시뮬레이션 하듯, 이제껏 쌓았던 노하우와 경험을 바탕으로 〈숨 닿을 거리〉의 나와 〈계약 동거〉의 임주원의 연기를 그려보는 거겠지.

KTN 남자 신인연기상의 임주원이냐, 받은 상이라곤 조승희에게 받은 술상이 전부인 나냐.

권 대표는 이미 어느 정도의 성공 가능성을 이미 점쳤음이 틀림없다.

한번 붙잡고 물어보고 싶을 정도였다.

'대표님의 감으로는 누가 이기겠습니까?'

하지만 그걸 알았다면 L&K가 업계에서 세 손가락 안에는 진작 들었겠지.

"사실 누가 잘돼도 상관없잖아요. 재밌게만 하자, 재밌게만."

재밌게.

매니저 한 명의 왁자한 건배 구호를 안주 삼아 회무침 한 점을 입에 집어넣으며 고개를 돌렸다.

그런데 임주원이 나를 바라보고 있었다.

"……."

"……."

누구의 방해도 없이 단둘만의 시선이 오가는 '사'적인 순간. 그는 가식적인 '호의'는 내던지고 표독스럽게 눈을 빛내며 노골적으로 내게 말하고 있었다.

'선배, 기대하지 마세요.'

나는 빙그레 미소로 화답했다.

너나.

··· 8장 ···

반드시 이겨야 합니다

그 무렵 〈무비 노티스〉라는 영화 예고 전문 프로그램에서 〈피셔〉의 티저 영상과 함께 배우 인터뷰를 담은 영상을 공개했다.

"와, 잘 빠졌다."

영상은 마치 잘 빠진 스포츠카를 보는 듯했다.

짤막하게 공개된 티저 영상과 함께 삽입된 문구.

2018년 추석을 강타할 올여름 최고의 범죄 오락영화!

체크무늬 정장을 말끔하게 차려입은 조승희가 서류 가방을 펼치며.

콰!

"정의? 돈 앞에서 정의는 없어."

조승희!

"이 사회를 좀먹는 좀 벌레 새끼들이 몇 있는데, 네가 그중
첫째야."

임강백!

"……우리 피셔 많이 컸구나. 공사 칠 때 배경이나 그리던 어
린놈이."

임명한!

그 누구도 믿지 마라!

화려한 주연들의 짤막한 하이라이트 영상이 지나가고, 다
음은 조연의 차례.

"우리는 대장이 죽으라면, 정말 죽는 거야."

"대장 혼자 홀라당 튀어버리면 우리는 뭐가 되냐고!"

배명우! 도재희!

내 이름도 함께 들어갔다.
영상의 마지막에는, 중국에서 찍었던 화려한 액션과 함께.

"이야아아아아!"

내 울부짖는 감정 연기도 한 컷 포함되어 있었다.

재익이 형이 손가락을 튕기며 말했다.
"와! 이 정도면 티저도 수작 인정!"
2018년 최고의 기대작으로 뽑히는 〈피서〉 티저 영상은 포털 사이트 검색어를 장악했으며, 실시간 검색어 상단에서 두 시간 넘게 내려올 줄을 몰랐다.

-cncjsdl : 극장을 가라고 아예 등 떠미는 수준. ㄷㄷ.

-aksgdl : 어머, 이건 꼭 봐야 해! 승희 오빠! 날 가져요!

-gowntpdy : 와, 조승희, 임강백…… 캐스팅 진짜…… '도졌다!'

나는 휴대폰의 스크롤바를 내릴 때마다 새롭게 갱신되는 어마어마한 댓글들을 확인하며 혀를 내둘렀다.

괜히, 천만 감독의 차기작이 아니라는 건가. 엄청난 관심이다.

재익이 형이 함박웃음을 터뜨리며 말했다.

"이 정도면, 손익분기점은 무리 없겠는데?"

손익분기점은 420만 명. 스케일이 큰 영화라 손익분기점 자체도 부담스러운 수치지만, 감독과 배우 이름이 있으니 가능하긴 하겠지?

하지만 지금 중요한 것은 이게 아니라고.

내가 물었다.

"그나저나, 저희 언제 들어가요?"

내 질문에 재익이 형이 시계를 확인했다.

"음, 슬슬 연락 주기로 했는데…… 잠시만 통화해 볼게."

우리는 MKC 미니시리즈 〈숨 닿을 거리〉의 감독과 메인작가님 미팅을 위해 상암동의 어느 오피스텔 지하 주차장에서 시간을 죽이고 있다. 이 오피스텔이 작가 사무실인 셈인데, 무슨 회의가 이렇게 오래 걸리는지 벌써 15분 넘게 지하에서 대기 중이다.

통화를 마친 재익이 형이 문을 열며 말했다.

"이제 올라와도 된대. 가자."

"아, 네."

우리는 지하주차장 엘리베이터를 통해 곧바로 13층으로 올라갔다.

한 달 월세만 80만 원이 넘어간다는 아파트형 오피스텔. 1303호.

똑똑똑.

재익이 형이 조심스럽게 문을 두드리자, 긴 머리를 고무줄로 질끈 묶은 젊은 여자가 고개를 빼꼼 내밀었다.

"아, 혹시…… 보조 작가님?"

재익이 형이 묻자, 여자가 황급히 고개를 끄덕인다.

"그럼, 실례하겠습니다."

재익이 형과 내가 안으로 들어섰다. 그런데, 입구부터 분위기가 심상치 않았다.

"뭘 안다고 그러세요? 제 작품입니다!"

"너 이딴 식으로 싸가지 없게 나오면! 이 바닥 일 오래 할 수 있을 것 같아?"

찬바람이 쌩쌩 부는 대화가 벽 너머로 미세하게 들려온다. 재익이 형이 걸음을 멈추며, 보조 작가에게 물었다.

"무슨 일인가요?"

그러자 보조 작가가 한숨을 푹 내쉬더니 양손으로 미간을 주무르며 말했다.

"으으. 죄송합니다. 일단 잠시 저기 저쪽 방에 들어가 기다리시겠어요?"

"아, 네."

테이블과 의자 두 개, 접이식 침대인 라꾸라꾸만이 덩그러니 놓여 있는 방으로 안내된 나와 재익이 형은 잠자코 자리에 앉았다.

썰렁하다.

곧이어 문이 열리며 예의 그 보조 작가가 들어왔다.

"음료수 좀 드세요."

피로에 절어 보이는 보조 작가가 음료수 캔, 두 개를 가져다 주며 말했다.

"죄송해요. 작가님들이 사이가 안 좋으셔서…… 감독님이 말리고 계세요. 잠시만 기다리시겠어요?"

"아, 네. 넵. 물론입니다."

그리고 보조 작가는 진절머리난다는 듯 고개를 저으며 방을 나가 버렸다.

"……"

이게 뭐야. 잠시, 정리해 보자.

오늘 이 자리는 주연배우인 나와 감독, 작가가 서로 얼굴을 처음 마주하는 중요한 미팅 자리다.

그런데, 작가들이 서로 싸우고 있다고? 하물며 이런 싸움이 매우 잦아보인다. 내가 밖에서 기다려야 했던 것도, 이 때문인 듯 보였다.

재익이 형에게 물었다.

"형, 뭔가 이상하지 않아요?"

"뭐가?"

"작가님들? 작가님을 왜 복수로 칭하죠? 메인 작가는 한 명이잖아요."

내 질문에 재익이 형이 말했다.

"이거, 공모전 작품이잖아."

그래. MKC 단막극 공모전 대상 수상작 〈숨 닿을 거리〉.

그게 뭐 어떻다고?

내가 여전히 영문을 모르겠다는 듯 재익이 형을 바라보자, 재익이 형이 말했다.

"공모전에 당선된 신인 작가를 뭘 믿고 혼자 '메인'에 앉히겠어. 알잖아? 드라마는 생방이라고. 쪽대본 쓰기 시작하면 멘탈 완전 부서질 텐데. 공모전 작가 한 명에, 경력 있는 메인 작가 한 명. 이 작품, 메인 작가만 두 명이야."

아! 일반적으로는 메인 작가 한 명이 보조 작가들을 거느리고 작업을 한다. 하지만 이 작품의 경우에는 메인 작가만 두 명이다. 공모전에 당선된 원작 작가 한 명에, 드라마 스토리를 이끌어갈 경력 작가 한 명. 즉, 한 배에 선장이 둘인데 그러니 저렇게 의견 충돌이 일어날 수밖에 없지.

"……"

재익이 형이 난데없이 눈을 감고 두 손을 가슴팍에 모으며 중얼거렸다.

"제발…… 작가들이 싸우다가 대본이 늦게 나오는 일만 없게 하소서. 아멘."

"……"

왠지 비일비재할 것 같은 느낌인걸.

똑똑!

그때 노크 소리와 함께 문이 열렸다. 그리고 선해 보이는 인상의 중년 남자 한 명이 안으로 들어오더니, 나를 보며 환하게 웃었다.

"……하, 이거 드디어 뵙는군요. 반갑습니다."

나는 황급하게 자리에서 일어나 고개를 숙였다.

"반갑습니다."

MKC 〈숨 닿을 거리〉의 연출을 맡은 이성균 PD였다.

MKC 드라마국 이성균 PD.

일전에 작업했던 〈청춘 열차〉의 문병철 감독과는 180도 다른 유형의 사람이었다. 기본적으로 성격이 유하고, 자기주장이 강하지 않다.

배우에게 연기를 전적으로 맡기는 경향이 있고, 스토리 역시 작가들의 생각에 크게 의존한다.

감독은 기본적으로 결정하는 자리다. 근데 그걸 하지 못하고 중간에서 허허 웃을 뿐이니, 오히려 이런 성격 때문에 문병철 감독보다 더 함께 작업하기 힘든 유형의 사람이라고 할 수 있을 정도다. 이런 본인의 예술가적 단점을, 스스로 잘 알고 있는 듯 보였다.

"죄송합니다. 제가 중심을 잡아야 하는데…… 작가들 말을 전부 들어주다 보면, 양쪽 다 일리가 있어서요. 허허."

이런 감독의 성격 탓에, 지금 이 사달이 난 것이다.

"이건, 제 작품이니 제 뜻을 존중해 주세요!"

"네가 드라마를 뭘 알아? 드라마는 이렇게 쓰면 안 돼! 상암 월드컵경기장? 이거 섭외 어떻게 할 건데. 너, 지금 영화 찍니?"

당찬 패기로 무장한 젊은 신인 작가와 노련미로 무장한 기성 작가의 다툼은, 결국 기다리고 있는 주연배우 덕분에 그 마무리를 짓지 못한 채 일단락되었다.

"아, 안녕하세요. 도재희라고 합니다."

어색하게 인사를 하고 작가들 맞은편 의자에 앉았다.

작가들도 내 등장에 더 이상 싸우지는 않았지만, 다툼이 끝나지 않은 상태라 그런지 분위기 자체는 냉랭했다.

"큼큼. 안녕하세요. 말씀 많이 들었습니다. '메인' 작가 박하영입니다."

유독 메인이라는 단어에 힘을 주며 말하는 여자는 안경 너머로 살얼음을 품은 듯한 눈빛이었다. 배우의 연기가 마음에 들지 않으면, 다음 화에 불치병으로 하차시킬 것만 같았다. 이 사람이 바로 40대의 경력 작가인 박 작가였다.

그리고 그 옆에 앉은, 공모전을 통해 이름을 알린 신인 작가 쪽을 바라보았다.

미리 말하자면, 이쪽은 조금 의외다.

"초면에 실례가 많았습니다. 정이연이라고 합니다."

화장기가 전혀 없는 수수한 얼굴과 하얀 피부에 벌어진 자존심을 감추려고 굳게 다문 작은 입술, 정리한 듯 정리되지 않은 흰색 블라우스 아래 무성의하게 접혀 있는 소매 끝과 같은 '평범한' 부분을 제외하고 본다면 드라마 작가보다 오히려 여배우에 더 어울리는 비주얼이다.

"……반갑습니다."

하지만 내가 가장 놀란 점은, 이 젊은 여자 작가의 월등한 외모가 아니다. 작은 체구의 신인 작가에게서 나는 향이 매우 익숙하다는 점이다.

〈숨 닿을 거리〉에서 내가 연기할 주인공, 무명에 대한 대화를 나누는 중이었다.

"저는 그렇게 설정하지 않았습니다. 박 작가님."

눈빛만으로 히스테리를 뿜어내는 강력한 박 작가에게 한 치도 밀리지 않는다. 그런데 시건방지게 보이지는 않는다. 일종의 자신감일까.

"주인공이 앓고 있는 해리성 인격 장애는 사이코패스와는 다릅니다. 남자 주인공이 사이코패스인 드라마를 박 작가님은 보고 싶으세요?"

"정 작가가 어려서 잘 모르는 모양인데, 드라마는 임팩트야. 회마다 임팩트를 주지 못하면 다음 회차에서 시청자들에게 도태된다고. 이렇게 덩치 큰 사업에, 그저 정신 오락가락하는 남자 주인공으로 승부가 될 것 같아?"

"오락가락? 말씀이 심하시네요. 함부로 제 작품을 매도하지 마시죠."

"매도하고말고 할 게 뭐 있나. 그 수준이 그 수준인데."

"그…… 수준 낮은 작품에 피 빨아 드시는 작가님은 뭐 그리 대단하십니까?"

"뭣, 뭐? 피? 나, 나 보고…… 피를 빨아?"

"아이고, 작가님들! 재희 씨 앞에 계신 데, 그만 좀 싸우세요!"

"……."

정이연 작가에게서는 친근한 느낌이 든다.

성공에 대한 욕망, 그리고 눈앞에서 경력 하나로 거들먹거리고 있는 저 마녀에게는 절대 지지 않겠다는, 그런 독기.

정이연 작가는 그런 열망을 온몸으로 뿜어내고 있었다.

"이런 시건방진 아마추어랑 같이 일하는 게 이래서 피곤해. 감독님! 감독님 부탁 때문에 왔지만, 저 이런 환경이라면 정말 피곤하다고요!"

박 작가는 잔뜩 화가 난 채로 팔짱을 끼고 아예 상체를 돌려 버렸다.

"아이고, 정말…… 미안합니다."

천성이 유약한 이성균 PD는 내게 대신 사과를 했고, 정이연 작가는 한껏 붉어진 얼굴로 수모를 참아내고 있었다.

고개를 푹 숙인 채 어깨를 부르르 떨며 화를 삭이는 모습이 어쩐지 안쓰러워 위로라도 한마디 건넬까 싶었다.

"후!"

그런데 갑자기 정이연 작가가 고개를 힘차게 들더니 결연한 눈빛으로 말했다.

"미팅, 계속하시죠."

"……."

오호, 용감하기까지 하다.

정이연 작가는 내 프로필과 초고 책 대본 1, 2회를 주르륵 훑더니 내게 말했다.

"주인공이 도 배우님으로 캐스팅되었다는 이야기를 듣고 〈청춘 열차〉를 챙겨봤는데, 솔직히 안심했어요. 하지만 그것과는 별개로 궁금합니다. 자신 있으십니까?"

"어떤 걸 말씀하시는 건가요?"

"연기요. 책 읽어 보셨으면 아시겠지만, 주인공이 다중인격이라…… 소화하기 매우 어렵다고 알고 있습니다. 정말 확실한 연기파 배우가 필요했고, 제작사 쪽에서도 섭외 단계에서 고생을 많이 했다고 들었고…… 또……."

정이연 작가는 내게 묻고 있다.

'이거 어려운데 너, 제대로 할 수 있어?'

나는 고개를 끄덕였다.

"네. 걱정 마십시오."

그리고 도리어 물었다.

"저도 작가님에게 한 가지 묻고 싶습니다."

내 물음에 정이연 작가가 말했다.

"네? 아, 네. 말씀하십시오."

나는 시선을 정이연 작가 옆에 앉아 있는 박 작가 쪽으로 던지며 말했다.

"그 어떤 위기가 찾아와도. 16부작 내내 1화만큼의 퀄리티를 보여주실 자신 있으십니까?"

다른 의미로는 내 눈을 사로잡은 1화만큼의 매력.

'공모전에 뽑힌 1화만큼의 실력. 즉, 휘둘리지 않고 네 줏대

를 보여줄 수 있느냐.'

질문의 의미를 제대로 알아차린 정이연 작가가 피식, 웃으며 말했다.

"제 작품, 절대 산으로 보내진 않을 겁니다. 걱정하지 마세요."

그 시원시원한 대답에 눈을 똑바로 보고 웃으며 말했다.

"잘 부탁드립니다. 작가님."

"……배우님도요."

신인 작가와 신인배우가 수십억짜리 큰 무대에서 만났다.

눈을 뜨자마자 씻고 준비한 옷을 갈아입었다. 딱히 옷에 신경 쓰고 싶지 않아 맨투맨 티셔츠에 블랙 진, 챙 넓은 캡 모자를 눌러썼다.

거실로 나오자 어머니가 물으셨다.

"아들, 밥은?"

어머니는 질리지도 않는지 아침부터 〈청춘 열차〉를 다시 보기로 시청 중이셨다.

그거, 이미 몇 번이나 보셨으면서.

"나가서 먹고 들어올 거예요."

"후후, 우리 아들 밖에서 밥은 잘 얻어먹고 다니네?"

심심하게 웃던 어머니는 곧바로 시선을 TV로 돌리셨다.

"……."

드라마에 나오는 내 모습이 그렇게 좋으신 모양이다. 얼마
나 좋으셨는지 어머니는 지난 수십 년간 드셔오던 소주도 아
예 '술김에'로 갈아타셨으니, 더 말할 것도 없다.

"앗, 나왔다!"

어머니가 제일 좋아하는 장면이 나왔다.

나와 박청아의 포옹 신을 한참 넋 놓고 바라보시던 어머니
가 돌연 뒤로 돌아보며 물으셨다.

"근데, 너 요즘은 일 안 하니?"

"……."

가끔은 이렇게 빨리 일하러 가라며, 장난스럽게 독촉도 하
신다. 하지만 이 푼수기 속에 숨겨진 진심이 어머니의 매력임
을 나는 안다.

"요즘 찾아주는 사람이 없어서 강제로 은퇴하는 배우들 많
다던데, 설마 아들도 아무도 안 찾아주는 건 아니지?"

"……."

아무래도, 진짜 걱정스러우신 모양인걸.

어쨌든, 아들의 드라마는 어머니의 인생을 송두리째 바꾸
었다. 어머니가 1년에 영화관을 가시는 횟수를 꼽자면, 몇 번
이나 될까. 두 번, 세 번?

그런 의미에서 이번 미니시리즈 선택은, 효도라는 측면에서
도 제법 괜찮은 선택이었다는 생각이 들었다.

"걱정 마세요. 이제 곧 실컷 보시게 될 테니까."

〈청춘 열차〉 하나만 보시면, 너무 지겨우실 테니까. 장르
도 바꿔드려야지.

내 말에 어머니가 풋, 하고 웃으셨다.

"조심히 다녀와."

여름 분기 방송 삼사의 미니시리즈 라인업을 보면 먼저 2018년
초, 〈청춘 열차〉로 시청률 싸움에서 승기를 잡았던 SBC의 차
기작은 〈아빠 맞아요?〉다.

전과자 출신의 철없는 싱글 대디와, 어른스럽고 조숙한 매
력의 11세 딸. 이 어색한 부녀간의 사랑과 성장통을 그린 드라
마로 주연배우는 대중들에게 친숙한 40대 배우, 철형욱.

단순히 배우의 네임밸류만 따지면 가장 위협적이지만 호불
호가 갈리는 소재라 1위는 무리일 것이라는 것이 업계의 정설
이다.

그에 반해 KTN의 〈계약 동거〉는 전형적인 로맨틱 코미디
다. 요즘 여성들이 좋아하는 소재인 '동거'에 '계약'이라는 설정

을 함께 넣었다.

배우 라인업도 KTN 일일드라마를 통해 얼굴을 많이 알린 임주원×차지애. 귀여운 케미가 돋보이는 커플에 이미 전작에서 호흡을 맞춰본 조합이라, 성공을 거둘 확률이 높다.

마지막으로 MKC의 〈숨 닿을 거리〉는 미스터리 로맨스 판타지라는 조금 복잡한 장르다.

해리성 인격 장애를 겪는 주인공과 이를 치료하는 여자 정신과 의사의 로맨스가 메인인 작품으로 심각한 다중인격 때문에 일상생활이 불가능할 정도의 남자 주인공. 그런데 여자 주인공인 의사 앞에만 서면 인격이 돌아오게 된다.

'항상 선생님 뒤에 붙어 있어야겠어요. 그래야 제가…… 진짜 저로 돌아와요.'

……

'숨 닿을 거리, 그 이상 제게서 떨어지지 말아요.'

본격, 그림자 밀착 로맨스, 더 이상의 자세한 설명은 생략한다.

"'숨 닿을 거리' 크으! 글은 확실히 좋잖아. 괜히 공모전 대상작이 아니라니까? 작가가 신인이라 그런지 번뜩이는 게 있어! 글빨도 상당하고."

"아니, 그래도 그렇지. 월드컵경기장을 배경으로 쓴 건 너무 했다. 그걸 어떻게 찍으라고?"

"그건 섭외 부장이 할 일이고, 정 안 되면 나중에 수정하면 되는 거지! 작가에게 그 정도 자유도 없으면 어떻게 글을 쓰라는 거냐?"

회사 내부는 〈숨 닿을 거리〉의 두 작가에게 지대한 관심이 쏠려 있었다.

'과연 책은 제때 나올 것인가?'

'두 명의 작가 중 과연 누구 뜻대로 작품이 흘러가게 될 것인가?'

'이성균 PD는 정말 아무 생각이 없는가.'

이런 전부 뒤에서 떠들기 좋은 얘기뿐이다. 나는 사무실에 파다하게 퍼져 있는 이런 이야기들을 한 귀로 듣고 흘리며, 곧바로 재익이 형 책상으로 다가갔다.

"에이, 왔어?"

"네."

"집으로 갖다 준다니까. 왜 왔어? 쉬지."

"그냥요. 갑자기 집에서 쉬려니까 좀이 쑤셔서."

영화 촬영을 모두 끝낸 며칠간은 정말 백수 그 자체였다.

집에서 하는 일이라고는 나무늘보처럼 휴식을 취하며 〈숨 닿을 거리〉의 대본을 기다리는 일뿐이니 말 다했지. 갑자기 이렇게 한가해져도 되나 싶을 정도다. 치열한 열탕에 있다가 갑자기 냉탕에 들어온 것 같은 느낌이랄까.

"배우에게 제일 중요한 것 중 하나가 휴식이라더라. 넌 좀 느긋하게 쉴 필요가 있어."

"정말요, 누가 그래요?"

"오미란 선배님이 그러시던데? 작품 하나 끝나면 최소 한 달씩 휴식이 필요하다고."

"……."

송문교를 입으로 잘게 빨아버린 우리 오미란 선배님은 그냥 쉬고 싶으셨던 게 아닐까?

선배님, 잘 지내시죠?

재익이 형이 생각났다는 듯, 메모장을 들여다보며 물었다.

"아, 맞다. 혹시 너, 예능 생각 있어?"

"예능…… 이요?"

"아, 어젯밤에 섭외 들어온 게 하나 있어서."

갑자기 예능이라니.

"무슨 프로요?"

"토크패왕 연예인 판정단 10인 패널."

가장 리얼하고 재미있는 사연을 뽑는 토크 버라이어티 프로그램으로, 심사위원석에 앉아서 웃음 리액션을 파는 패널 판정단 열 명 중 한 명으로 섭외가 들어온 것이다.

나는 고개를 저었다.

"에이, 제가 무슨."

재익이 형 역시 기대도 안 했다는 듯, 고개를 끄덕였다.

"별로지? 그래, 나도 거기 앉아 있는 네 모습이 상상이 안 되긴 하더라. 오케이! 이건 기각."

메모장에 줄을 슥슥 긋던 재익이 형이 말했다.

"그래도 나중에 '피서' 개봉할 때는 홍보 때문에라도 몇 개나가야 할지 모르니까, 재미있어 보이는 프로그램 있으면 미리생각해 둬."

나도 고개를 끄덕였다. 그런 거라면 나도 오케이다.

예능 출연 항상 조심해야 한다. 단순히 대중적인 인기를 위해 명분 없이 예능에 나가는 것은 이미지를 소모를 피해야 하는 배우로서 심사숙고해야 할 문제다.

장점도 존재하겠지만, 단점도 명확한 양날의 검. 나는 잠재적 위험은 피하자는 쪽이다.

재익이 형이 내게 종이봉투 하나를 건넸다.

"그런데, 일단 급하게 챙기긴 했는데, 갑자기 이건 왜?"

오늘 내가 사무실을 찾아온 이유는 일전에 내가 재익이 형에게 한 부탁 때문이다.

회사에 굴러다니는 영어 시나리오 있으면 챙겨달라고 했었다. 종이봉투를 열어보니 얼핏 봐도 열 권 남짓한 대본이 들어 있었다.

나는 순수하게 사실대로 말했다.

"영어 공부 좀 해보려고요."

"응? 대본으로?"

"네."

재익이 형이 눈을 가늘게 떴다.

"……."

정말인데 아무래도 농담처럼 들리는 모양이다.

"뭐, 미리 준비해서 나쁠 건 없겠지."

그때, 〈숨 닿을 거리〉에 대해 열띤 토론을 벌이던 매니저 하나가 소리쳤다.

"아무튼, 확실한 건! 드라마 작가는 글만 잘 쓴다고 되는 건 아니라는 거야. 뭘 믿고 신인한테 16부작을 맡겨? 이성균 PD 도 못 미더우니까 옆에다 박 작가 앉혀놓은 거 아냐?"

원래 남 얘기가 재미있는 법이라고는 하지만, 거! 남의 사정 에 참! 말들이 많다.

내가 그쪽을 바라보자, 재익이 형이 신경 끄라는 듯 손사래 치며 말했다.

"쟤들 말 듣지 마. 판이 뒤집힌 줄도 모르고."

"네?"

판이 뒤집혔다고, 그게 무슨 말이야?

그러고는 외투를 챙기며 자리에서 일어났다.

"점심 전이지? 밥이나 먹으러 가자. 가서 얘기해 줄게."

인근 백반집에 들어갔다.

조금 이른 점심시간이라 그런지, 손님은 그리 많지 않았다. 습관적으로 가장 구석 자리에 자리를 잡고, 나는 오늘의 백반, 재익이 형은 불고기 백반을 주문했다.

뜨끈뜨끈한 불고기 백반을 입에 넣던 재익이 형이 말했다.

"오늘 오전에 '숨 닿을 거리' 팀에서 연락 왔다."

"뭐라고요?"

"이성균 PD님이랑 정이연 작가님인데, 네 덕분에 머리가 정리되는 느낌이라고 하더라."

판이 뒤집혔다. 그리고 정리되는 느낌이라고?

"제…… 덕분이요? 왜요?"

내가 그들에게 했던 말은 딱 하나다.

'공모전에 뽑힌 1화만큼 대본을 끝까지 유지 할 수 있느냐, 위기에 휘둘리지 않고 네 줏대를 보여줄 수 있느냐?'

이를 우회적으로 물었을 뿐이다.

재익이 형은 내 질문이 이번 작가 다툼 교통-정리의 핵심이었다고 말했다.

"네가 그거 물었을 때, 박 작가가 옆에서 같이 듣고 있었는데 기분이 어땠겠어? 딱 보니까 자기 두고 하는 말인데, 기분이 좋을 리가 없지. 하차하네, 마네. 신인이랑 둘이서 잘해보라니 말라니 감독이랑 실랑이를 벌이다가 결국은 서로 건들지 못하도록 각자 영역을 정하기로 했다고 하더라."

메인 스토리에 감 놔라, 배 놔라 하는 사공이 많으면 배는 산으로 가게 마련이다. 드라마는 그렇게 되기 너무 쉬운 구조로 되어 있다. 하물며 서로 상극인 메인 작가 두 명이 서로 공동 작업을 한다면, 어떻게 될까?

"이성균 PD도, 네 질문 듣고 아차 싶었다고 하더라. 공모전 심사할 때 정이연 작가를 뽑은 이유가 정 작가만의 미스터리 하면서도 부드러운 분위기가 좋아서였는데, 촬영 날이 점점 다가오니까 지레 겁먹고 그걸 잠시 잊은 거지. 박 작가가 들어오면서 대본은 빨리 나왔지만, 정작 정이연 작가만의 색은 흐려졌으니까, 그걸 이제라도 바로 잡겠다고 하더라."

그래서 메인 스토리는 원작가인 정이연 작가가 쓰고, 박 작가의 역할은 B팀이 촬영할 조연들의 서브 스토리와 전체적인 조언 정도의 역할만 맡기로 했다고 한다.

"정이연 작가는 보답하는 의미로 정말 최고의 글을 뽑아내겠다고 무한 다짐했고."

겉으로 보기에는 모든 것이 잘 마무리된 것 같았지만, 재익이 형은 내게 신신당부하듯 말했다.

"자. 봤지?"

"뭐가요?"

"네 발언 하나로 바뀐 일이야. 네가 신인이고 아니고를 떠나서, 너는 JW에서 모셔온 특별한 배우고. 이런 주연의 발언에는 그만큼 영향력이 있다고."

내가 정이연 작가에게 나와 흡사한 친근함을 느껴, 별생각 없이 던졌던 한 마디가 교통정리를 위한 신호등이 되었다.

'당신이 썼던 책의 1회가 내 마음에 쏙 들어요.'

하지만 이 한 마디가 누군가에겐 독이 될 수도 있다.

"박 작가가 한 발 뒤로 물러난 이유가 뭐라고 생각해? 네 말 한마디 때문이야. 주연배우의 불편한 기색."

"……."

"의도했든, 의도하지 않았든…… 너는 이런 정치에는 안 엮이는 게 좋아."

영향력이란 파도와 같다. 어디선가 흘러나온 작은 물결에 너무나 쉽게 떠밀려 내려가기도 하고, 도저히 해결될 것 같지 않았던 일들이 순식간에 해결되기도 한다.

물론, 여주인공 캐스팅도 아직 확정되지 않은 상태에서 남자 주인공마저 잃을 수는 없다는 '공포'가 기저에 깔려서 가능한 일이었겠지만, 이 모든 것이 내 영향력이 불러온 파문이라는 것이 조금 얼떨떨하게 다가왔다.

"휴, 잘 끝난 일에 잔소리해서 미안하다. 나는 그냥…… 네가, 문교처럼 이런 건 안 배웠으면 좋겠다고 생각해서."

내가 이번 일을 통해서 배운 것은 하나다.

"형, 앞으로 조심할게요."

입조심을 해야 한다는 것이다.

"아니다. 잔소리 같아서 내가 더 미안하지. 밥 먹자."

오히려, 이런 이야기를 미리 해줄 수 있는 사람이 내 매니저라 다행이라는 생각이 들었다.

이렇게 또 하나 배웁니다.

그나저나, 여주인공 얘기가 나와서 말인데.

내가 어색한 공기를 깨뜨리며 물었다.

"근데 형. 여주인공 안 정해졌죠?"

"응, 아직."

"후보는 누구예요?"

"글쎄. 근데 이게 아직 확정은 안 된 모양인데. 확실한 건…… 여주에 돈 좀 쓰려는 모양이더라."

확정되지는 않았지만 돈 좀 쓴다면 A급 이상의 여배우, 당장 떠오르는 사람은 많았다.

잘나가는 배우가 얼마나 많은가.

지이이잉!

하지만 나는 진동이 울리는 휴대전화를 바라보며 딱 한 사람을 떠올렸다.

-발신자 : 유아름.

'술김에' 광고를 함께했던 메인 모델이자, 나와 같은 조모임의 멤버. 이 타이밍에 왜 내게 전화를 걸었을까 고민하기보다는 스치는 생각에 오히려 피식, 웃어버렸다.

에이, 설마.

제작사와 MKC 드라마국 CP, 본부장, 그리고 이성균 PD의 의견은 확고했다.

"도재희 배우의 경우에는…… 제작사의 강력한 추천도 있고, SBC에서 보여준 능력도 있고 하니까 믿습니다. 하지만 이건 실력의 경우에요."

실력은 믿는다.

"너무 신인이에요. 시청률 파워는 미니시리즈의 기대치에 못 미칩니다. 그러니 여주에서 급을 확 높여야지요."

미니시리즈를 혼자 이끌기에는 인지도가 역부족이다. 그리하여 거론된 여자 주인공 후보는 한 둘이 아니다.

김아영, 신소명, 유아름, 채리현, 황지애 등등 당대를 쥐락펴락하는 연예계의 소문난 미인 배우들, 하지만 그중에서도 이름이 가장 많이 거론되는 여배우는 유아름이었다.

"유아름 씨가 '술김에' 소주 CF도 같이했었고……. 도 배우랑 드라마에서 호흡을 맞추면 덩달아 효과가 좀 있지 않겠습니까?"

"CF 이미지 때문에 오히려 역효과일 것 같은데요?"

"유아름 씨 대표 역할이 뭡니까? 영화 '가면 놀이'에 나오는 그 서슬 퍼런 사이코패스 악녀예요. 그런데 분위기 180도 다른 CF로 이번에 이미지 변신 성공했죠? 그럼, 이번에도 무리 없습니다."

"아니 물론…… 유아름 씨가 하겠다고만 하면 이런 불안감도 없죠. 좋아요, 좋죠. 그런데…… 중요한 건, 아름 씨가 승낙했습니까?"

배우덩쿨. 조승희, 임명한, 유아름 같은 최고의 배우들이 대거 소속되어 있는 그야말로 괴물 같은 기획사다.

'배우덩쿨'의 매니저는 며칠 전, 유아름에게 대수롭지 않게 건넸던 시놉시스를 돌려받으며 벙찐 얼굴로 되물었다.

"……뭐라고?"

귀를 의심했다. 분명 유아름의 입에서 긍정적인 말이 나온 것 같은데.

"재미있겠다고요."

"엇, 정말?"

매니저가 화들짝 놀라 돌려받은 시놉시스를 흔들었다.

MKC <숨 닿을 거리>.

"드라마인데?"

100% 사전 제작이 아니고서야, 어지간해서는 드라마는 하지 않을 '급'의 스타 배우 유아름은 시나리오에 대한 평가가 냉혹한 편이었다. 특히 드라마에 대한 시선은 유달리 차가웠는데, 그건 커리어에 대박 난 드라마가 없었기 때문이다.

안 좋은 얘기를 보태자면, 영화용이라는 말도 공공연히 나돌 정도라서 회사 입장에서는 이런 소문을 날려 버리기 위해 좋은 드라마 시놉시스가 들어오면 이렇게 유아름에게 건네고는 했었다.

하지만 모두 거절, 그래서 이번에도 당연히 거절할 것이라 여겼던 것과는 다르게 긍정적인 반응이다.

매니저가 다급하게 말했다.

"구, 궁금한 거 있으면 뭐든 물어봐. 네가 한다고만 하면 개런티도 세게 부를 수 있고, 또……."

왜일까?

이성적인 엘리트지만, 유독 무명에게는 감정적으로 변하게 되는 정신질환 전문 의사라는 캐릭터? 아니면 군더더기 없는 깔끔한 스토리 진행? 신인 작가의 예사롭지 않은 문장력?

무엇이 유아름의 마음을 움직였을까.

하지만 유아름이 제일 먼저 물어본 건.

"재희 오빠가 남자 주인공인 거 확정이에요?"

"……응? 누구?"

"남자 주인공이요. 도재희 오빠라면서요. 맞아요?"

도재희.

이게 드라마를 선택할 만큼 중요한 문제일까?

매니저가 말했다.

"화, 확정이긴 한데…… 왜?"

그러자 유아름이 고양이같이 눈을 가늘게 뜨며 웃음을 터뜨렸다.

"재희 오빠가 하면, 저도 해볼까 해서."

지이이잉!

휴대전화가 울렸다. 발신자는 유아름.

"누군데?"

"……유아름."

내 짧은 대답에 재익이 형이 펄쩍 뛰었다.

"유아름, '가면 놀이'의 유아름? 왜, 왜 전화했대?"

"저…… 아직 전화 안 받았거든요?"

"그럼 얼른 받아봐."

나는 입을 꾹 다물고 전화를 받으려 했지만, 그새 전화가 끊겨 버리고 말았다.

"끊었네요."

"그럼 다시 걸어봐."

내가 다시 통화 버튼을 누르려고 하자 띠링! 문자가 왔다.

-유아름 : 오빠. 저랑 같이 드라마 콜?

〈숨 닿을 거리〉의 시놉시스를 들고 갈색 단발머리를 찰랑이며 헤벌쭉 웃고 있는 사진과 함께였다.

와, 이거 의왼데.

재익이 형이 관심을 보였다.

"뭐야, 뭔데?"

"유아름 씨 섭외, 성공했나 본데요?"

"뭐?"

재익이 형이 너무 놀라 자리에서 벌떡 일어났다. 그리고 내 휴대폰에 온 문자를 같이 확인하더니 감탄한 듯 말했다.

"……와, JW 영업력 대박."

입을 쩍 벌렸다.

"이럴 때가 아니지. 보도 자료 준비하고…… 그쪽 실장도 한 번 만나봐야겠다. 도재희×유아름. 술김에 CF에 이어서 2탄이잖아. 화제는 덤이고 이거…… 무조건 연말에 베스트 커플상감인데."

잔뜩 바빠 보이는 얼굴에 나 역시 덩달아 긴장하기는 마찬가지다.

그나저나 유아름이라니? 생각지도 못한 든든한 아군이다.

나는 시원한 냉수를 한 잔을 들이마시고 스마트폰 키패드에 손을 얹었다.

음, 유명 여배우와 개인적인 문자는 처음이라…… 이럴 때 답장을 어떻게 보내야 할까.

하지만 고민과는 다르게 손가락은 가벼웠다.

-도재희 : 콜!

역시, 'Simple is Best'다.

[도재희×유아름 MKC 〈숨 닿을 거리〉 캐스팅 확정.]

[CF 대세 커플에서 드라마 커플로! 〈숨 닿을 거리〉]

[여름의 시작을 알리는 미니시리즈 전쟁. 집중 탐구!]

관련 기사가 쏟아진 것은 당연하고, 타 방송사 미니시리즈와 본격적인 라이벌 구도가 형성되었다.

하지만 유아름의 인지도를 등에 업었음에도 우리가 일방적으로 우세하지는 않았다.

['술김에' 유아름. 2년 만의 브라운관 복귀작! '이번에는 과연?' 흥행 여부에 귀추 주목.]

〈숨 닿을 거리〉를 통해 2년 만에 브라운관에 복귀하는 유아름, 그 자체에 순간 관심이 쏠리긴 했다. 하지만 유아름이 원체 드라마에서 약한 모습을 보여 왔고, 또 임주원×차지애 커플에 대한 30, 40대 여성층의 폭발적인 지지력은 가히 압도적이었기 때문이다.

[KTN 〈계약 동거〉 임주원×차지애 촬영 현장 공개!]

주말드라마, 일일드라마의 저녁 8시 시청자층을 밤 10시 안방까지 그대로 끌고 온 전략이 주효한 것이다. 아직 방송이 시작하지는 않았지만, 댓글과 트위터에서는 이미 KTN 쪽의 승기를 점치는 분위기였다.

L&K의 사정도 크게 다르지 않았다. 〈숨 닿을 거리〉의 작가 라인업이 정리가 되고 나자, 회사 내부의 최대 관심사는 임주원과 도재희의 대결 구도였다. 그리고 대다수는 임주원을 높이 평가했다.

"이거, 주원이가 역시 효자 노릇을 톡톡히 하네."

"드라마는 해본 놈이 잘해. KTN에서 2017년에 상을 괜히 줬겠어? 봐봐, 주원이가 지금 실검 장악한 거."

"유아름이 생각지도 못한 의외의 섭외긴 하지만…… 그 친구 '영화용'이잖아. 드라마는 마라톤인데 체력이 약해서 괜찮겠어?"

"이제껏 작업했던 드라마는 죄다 성적 안 좋았지, 아마?"

"그런데도 매번 미니시리즈 여주 순위에 오르내리는 것을 보면, 확실히 인지도는 괴물이구나."

도재희×유아름, 도재희 VS 임주원.

어딜 가나 시끌시끌하고 흥미로운 수식어를 달고 다니던 6월 초의 어느 낮, 나는 이런 세간의 관심을 나름대로 즐기며 이미지 메이킹에 돌입했다.

"약간 시선을 삐딱하게 해볼까? 눈은 좀 흐리멍텅하게."

미니시리즈 주연의 의상 및 컨셉은, 단순히 영미 씨 하나로 결정되지는 않았다.

"지금 눈빛 좋아. 어, 지금 여기서…… 안경 한 번만 써볼까. 거기 검은색 뿔테로."

의상부터 헤어, 심지어는 눈썹과 사소한 액세서리 하나까지 L&K 스타일리스트 팀장이자, 이미지 메이커인 장 팀장과 함께 협의했다. 그럴 수밖에 없었다.

내가 소화해야 할 배역이 자그마치 일곱 개에 달했으니까. 저마다 각기 다른 정체성을 가진 다중인격의 인물을 영상을 통해 효과적으로 보여주려면 그에 맞는 이미지 메이킹이 필수니까.

장 팀장님은 아예 나와 함께 움직이며 의상, 걸음걸이, 손짓 등을 봐주었고, 나는 헤어, 눈썹, 피부 미용 등 관리를 받으며 포스터 촬영 준비에 매진했다.

요즘이 딱, 좋았다.

슬슬 몸에도 시동이 걸리기 시작한다. 냉탕에 빠진 노인네처럼 얼어 있던 몸이, 뜨뜻하게 예열되는 기분을 보면 아무래도 나는 일을 해야 뜨거워지는 모양이다.

그리고 어떠한 계기가 있으면 나는 더 빠르게 달아오른다.

〈청춘 열차〉에는 송문교가 있었고, 〈양치기 청년〉에서는 내 가치를 스스로 올려야 했으며, 〈피서〉에서는 엄 부장과 윤 민우가 있었다.

정말 끊임없이 나타나는 내 안, 혹은 외부의 적이 점점 강해 지며, 내가 커가는 만큼 어디선가 커가고 있다. 그리고 지금도 마찬가지다.

내 앞에는 해결해야 하는 두 가지의 과제가 있다.

첫째, 드라마를 대표하는 주연으로서 유아름이라는 슈퍼스 타에게 꿀리지 않는 연기력을 증명해야 한다.

"형. 담배 한 대 피울까요?"

둘째, 임주원. 이 을씨년스러운 새벽 청담동 샵에서 마주친 이 시건방진 후배에게 보여주어야 한다. 2018년에는 완전히 역 전될 나와 이놈의 위상을.

"그럴까."

물론, 단순히 시청률이라는 측면만을 보자면, 드라마는 나 혼자 잘한다고 되는 일은 아니다. 작가의 도움이 절실하겠지.

하지만 정이연 작가는 자신의 능력을 공모전을 통해 증명했 고, 기성 작가의 압력에도 굴하지 않는 깡을 보여주었다. 이 작품을 하겠다고 선택한 것은 '나'다.

작가를 믿어야지.

나는 계속 내 앞의 누군가를 제치며 빠르게 성장해왔다. 송 문교를 밟고 〈피서〉에 들어갔고, 윤민우를 밟아 〈숨 닿을 거리>에 안착했다. 이번에도 별반 다르지 않다.

우리는 1층 야외 테라스 의자에 앉았다. 내가 잠자코 자리에 앉자, 임주원이 내게 담배를 하나 내밀었다. 나는 담배를 받았지만 물지는 않았다.

임주원도 딱히 불을 붙여 줄 생각은 없는 듯, 담배를 입에 물고 새벽 공기에 연기를 뿜었다.

내 눈에는 벽 한편에 붙어 있는 금연 딱지가 눈에 들어왔지만, 임주원은 딱히 신경 쓰는 것처럼 보이진 않았다.

임주원이 말했다.

"어때요? 요즘 작품 준비는 잘 되어 가세요?"

나는 고개를 끄덕였다.

"좋지."

"……그래요?"

임주원이 들고 있던 커피를 홀짝이며 말끝을 흐린다.

이번에는 내가 물었다.

"너는?"

마치 물어달라는 얼굴이었거든.

그러자 임주원이 기다렸다는 듯이 말했다.

"저희도 요즘 너무 좋아요. KTN이 MKC보다 방영이 2주 빠르더라고요? 다음 주면 첫 방인데, 벌써 사람들 기대감이 이만저만이 아니에요. 시청률 1위를 하네, 마네……."

"……"

"팬클럽에서는 또 무슨 커피차를 보내준다는데……. 벌써 두 번째예요. 가끔은 부담스럽다니까요."

이 자식은 변한 게 하나도 없구나. 자기 자랑 좋아하고, 주절주절 늘어놓기 좋아하고. 그러면서도 아무것도 모르는 척, 착한 얼굴로 내 속을 긁으려고 한다.

"형은 팬클럽 없어요?"

그리고 나는 말을 자르며 말했다.

"주원아."

"네?"

"너도 알잖아? 회사에서 우리 둘이 경쟁 구도 만드는 것도 결국 화제성 키우려는 작업이라는 거. 그냥 각자 맡은 일만 잘하자."

말은 이렇게 했지만, 나 역시 신경을 쓰고 있다. 하지만 임주원은 조금 더 심각하게 몰입하고 있었다.

"어떻게 그래요? 이미 제 자존심이 상했는데."

과거 얘기까지 들먹일 줄은 몰랐다. 임주원은 쿨해 보이고 싶은지 입꼬리는 웃고 있었지만, 눈에는 노골적인 적대감이 가득했다.

"저, 오디션 누구한테 밀려본 거…… 그때가 처음이에요. 근데, 더 짜증 나는 게 뭔지 알아요?"

"……."

"상대가 하필 형이라서 더 자존심 상했어요. 회사에서 존재감도 없던 형한테 밀렸다는 게."

그리고 잠시 침묵이 흘렀다.

나는 아무 말 없이 임주원 너머로 시선을 던졌다.

임주원은 무언가를 털어버리려는 듯, 고개를 휘휘 내저으며 손에 들고 있던 담배를 쓰레기통에 비벼 끄고 말했다.

"그래도 이번에는 제가 이겨요. 그건 변함없어요."

드라마에서 배우의 가치를 측정하는 절대적인 지표, 시청률.

임주원은 자신 있다는 얼굴로 말했다.

"저, 지고는 못 살거든요."

하지만 그건 나도 마찬가지다.

"기대해요. 올해도 상 하나 더 받아서…… 진짜 L&K 효자 배우가 누군지……."

"주원아."

나는 임주원의 말을 끊으며 말했다.

"예?"

"괜히 그렇게 도발할 필요 없어. 네가 나를 어떻게 생각하는지도 잘 알아. 왜인 줄 알아?"

나는 손에 들고 있던 담배를 적당히 구겨 쓰레기통에 던져 버렸다.

톡.

"나도 너를 똑같이 생각하거든."

이놈이나 나나 똑같은 놈이다. 개똥밭임을 알면서도, 그 과
정에 상처밖에 남질 않더라도, 이기기 위해 결국 굴러야 하는
똑같은 놈.

임주원은 꺾여 버린 담배처럼, 구겨진 표정으로 물었다.

"어떻게 생각하시는데요?"

내가 비릿하게 미소 지었다.

뭘 물어 인마.

꼭 총 칼을 들어야만 싸움이고, 전투인가? 이미, 전쟁이야.

··· 9장 ···

발발! 시청률 전쟁!

시간은 빠르게 흘렀다.

〈숨 닿을 거리〉는 포스터 촬영과 리딩을 무탈하게 마쳤다. 촬영에 들어오기까지 제법 촉박했던 일정이었다. 메인 스토리를 쓰는 작가가 한 명으로 바뀌며, 다시 대본 정리가 필요했기 때문이다.

정신없었지만, 뉴스라면 뉴스도 있었다.

[KTN 〈계약 동거〉 2018년 방송사 자체 최고 시청률 경신!]

2017년 이후, 줄곧 미니시리즈 싸움에서 패배했던 KTN이 〈계약 동거〉를 통해 홈런을 크게 날린 것이다.

[〈계약 동거〉 순간 최고 시청률 14.2%]

[지금은 〈계약 동거〉 시대! 방송 삼사 중 단독 선두!]

[종영 앞둔 SBC, MKC 미니시리즈. 시청률은 오히려 하향세.]

시종일관 가볍고, 유쾌하며, 경쾌한 드라마가 제대로 터진
셈이다.

[일일극 막내아들에서, 미니시리즈 황태자로. 비상하는 '꽃 같은 배
우 임주원' 단독.]

오채연 기자.

임주원은 회사의 지원사격에 힘입어 〈계약 동거〉와 함께
덩달아 날아올랐다. L&K 입장에서도, KTN 입장에서도 환호
성이 터져 나올 일이다.

"역시!"

"주원아, 올해는 더 크게 올라가자!"

엄밀히 말하자면, 임주원의 그 시건방진 자신감이 실속 하
나 없는 허세는 아니었던 셈이다.

그리고 오늘, 나와 〈숨 닿을 거리〉는 조용히 등 뒤에 칼을
숨기며 〈계약 동거〉의 날개를 꺾을 준비를 마쳤다.

〈숨 닿을 거리〉의 첫 촬영이 있는 경기도 파주의 드라마 세트장, 첫 촬영 전에 진행될 고사를 기다리며, 현장에 일찌감치 도착한 나는 곧바로 대기실로 안내받았다.

"오셨어요? 이쪽으로 오세요. 지금 한창 준비 중이라, 조금만 기다리시겠어요?"

"이거 먹고, 조금만 기다리고 있어. 나는 PD님 좀 만나고 올게."

재익이 형은 내게 도시락을 건네주고는 곧바로 대기실을 나섰다.

내가는 도시락을 뜯어 계란말이를 한입 베어 물었는데, 똑똑하고 문 두드리는 소리가 들려왔다.

"네?"

고개를 돌리자 대기실 문이 열리면서, 유아름이 고개를 빼꼼 들이밀었다.

"짠!"

"……아, 들어오세요."

유아름의 손에는 도시락이 두 개 들려 있었다. 보아하니 하나는 내 것인 모양인데, 나는 어색하게 웃으며 젓가락을 흔들어 보였다.

그러자 유아름은 입술을 뾰족 내밀며 말했다.

"앗, 늦었네. 같이 먹어도 되죠?"

"그럼요. 얼른 와요."

나는 자리를 옆으로 피해주었고, 유아름은 내 옆자리에 앉았다.

유아름의 치킨마요네즈 도시락을 야무지게 비벼서 입에 밀어 넣는다.

나도 내 도시락을 먹으려는데, 유아름이 물었다.

"근데…… 오빠는 이 작품 왜 골랐어요?"

작품을 고른 이유?

조건이 좋았고, 잠시 생긴 공백기에 혜성같이 나타났고, 거기다 작품도 재미있었지.

"안 할 이유 없잖아요."

내가 빙그르르 웃자, 유아름이 나를 잠시 빤히 바라보더니 고개를 돌려 도시락을 먹기 시작했다. 그리고 한참을 말없이 도시락만 먹던 유아름이 대뜸 말했다.

"저도 그랬어요."

"……"

무슨 말이 하고 싶은 거야.

그때 또다시 노크 소리가 들려왔다. 누군가 했더니, 이번에는 정이연 작가다.

"작가님?"

"아, 아…… 식사 중이셨네요?"

달라붙는 스키니 진에 하늘색 블라우스 셔츠. 여전히 수수한 피부 톤. 손에는 작가 아니랄까봐, 대본과 세트장 평면도가 들려 있다.

"들어오세요. 식사는 하셨어요?"

내가 말했다.

"고사 끝나고 사무실 들어가서 먹으려고……."

정이연 작가는 대기실에 나와 유아름이 함께 있는 모습을 보고는 적잖이 당황한 기색이었다. 이유는 알 수 없었지만, 내가 자리에서 일어나려고 하자 정이연 작가가 황급히 손사래를 치며 말했다.

"아, 아뇨. 식사하세요. 그냥…… 인사차 들렀어요. 또 언제 뵐지 모르니까."

"……아."

정이연 작가는 결심이라도 한 듯, 힘 있는 얼굴로 말했다.

"대본, 열심히 쓰겠습니다."

박 작가에게는 미안한 말이지만, 저번 그 일로 정이연 작가는 내게 고마움을 느끼는 듯 보였다.

다른 걸 다 떠나서, 정이연 작가의 저 치열한 눈빛은 신뢰가 간다.

나도 함께 고개를 끄덕였다.

"감사합니다. 저도 열심히 연기하겠습니다."

유아름이 손을 번쩍 들며 말했다.

"작가님, 저도요!"

그리고 말이 끝나기가 무섭게 뒤에서 오채연 기자의 목소리가 들려왔다.

"다들 여기 모여 계시네."

"오…… 기자님?"

뭐야, 왜 다들 여기로 모이는 거야.

스타매거진의 오채연 기자, L&K와 돈독한 비즈니스 파트너. 임주원을 저만치 하늘로 띄워 올린 기사도 오채연 기자의 손끝에서 나왔다.

그녀가 후후, 미소 지으며 말했다.

"우리 배우님들 식사 중이셨네요. 인터뷰 언제 하실까요? 고사 전에 하는 게 좋을 것 같은데."

그리고 오채연 기자는 옆에 서 있는 정이연 작가를 슬쩍 보더니 미소 지으며 안경테를 고쳐 썼다.

"오! 이번 MKC 단막극 공모전의 프린세스, 정이연 작가님이시죠? 안 그래도 대화 한번 나누고 싶었는데. 잠시만요."

그러고는 정이연 작가를 대기실 안쪽으로 밀어 넣어 내 옆에 세우고 말했다.

"쓰리 샷, 훈훈하고 좋은데요? 좁은 대기실에서 도시락을 나뉘먹으며, 대본 이야기에 정신없는 배우와 작가. 그림 나온다, 나와!"

얼떨결에 정이연 작가가 내 맞은편 의자에 앉아 함께 도시락을 먹게 되었다.

"편하게 말씀들 나누세요. 사진 몇 장만 찍을게요."

갑자기 무슨 대화를 나누라는 거야.

"푸흡."

하지만 유아름은 이 상황이 황당하면서도 즐거운 듯 보였고, 정이연 작가는 고개를 푹 숙인 채 부끄러운 듯 얼굴을 잔뜩 붉혔지만, 자리를 피하지는 않았다.

나는 갑작스럽게 벌어진 상황에 당황스러울 뿐이었다. 어색함에 몸부림치며 적당한 주제를 떠올리던 내가 말했다.

"음, 도시락 괜찮은데요."

"풉."

"큭…… 큭큭."

그러자 장내에 있던 여자들이 모두 큭큭거리기 시작했다.

왜 웃는 거야?

그때, 복도에서 FD의 외침이 들려왔다.

"고사 시작하겠습니다!"

세트장 한가운데 커다란 고사상이 차려졌다. 과일과 다과, 떡과 수육, 그리고 그 가운데 커다란 돼지머리에 막걸리까지 있을 건 다 있었다.

FD들이 동분서주하며 사람들을 불러 모았다. 고사상 주변이 스텝과 배우들로 빼곡하게 가득 차자 제일 먼저 보조출연자 반장님이 앞으로 나서며 막걸리병을 들었다.

"자! 먼저 우리 CP님과 본부장님."

방송 경력 삼십 년의 베테랑 반장님의 진두지휘 하에 고사가 진행되었다. CP님과 본부장님, JW 사측 대표로 나온 이사와 이성균 PD의 인사가 이어졌다.

절을 하고, 술을 받아 마시고.

"시청률 대박 나게 해주십시오!"

"10%! 아니, 15%만 나오게 해주십시오!"

저마다의 염원을 담아 정성스럽게 소원을 빈다.

일종의 잔치다.

"제발 사고만 안 나게 해주십시오!"

박수와 웃음이 연신 터져 나온다.

거기다 예쁘장하게 생긴 젊은 여자 작가가 싹싹하게 술을 꿀꺽 받아 마시며.

"시청률 20% 기원! 절대 대본 밀리지 않도록 제가 만들겠습니다!"

파이팅 있게 외치는데, 어찌 즐겁지 않을 수가 있겠는가?

"푸하하!"

"큭큭큭큭!"

이 자리는 모두가 이렇게 웃고 떠드는 자리임과 동시에, 드라마 한 작품만을 위해 바쁘게 달려갈 여기 모인 사람들에게 약속하는 자리이기도 하다.

"다음은, 우리 주인공들 인사를 들어보겠습니다. 도재희! 유아름!"

특히, 우리 같은 배우들에게는.

가볍게 절을 하고, 반장님이 따라주시는 막걸리를 시원하게 받아마셨다.

"오!"

"잘 마신다!"

환호성이 터져 나오고, 유아름도 눈을 질끈 감으며 막걸리를 비워냈다.

그리고 자리에서 일어나 내가 먼저 말했다.

"좋은 작품, 좋은 사람들에게 누가 되지 않는 좋은 연기로 보답하겠습니다!"

박수와 함께 환호가 터져 나오고, 기자들의 카메라 플래시 세례가 이어졌다. 슬쩍 재익이 형을 바라보니, 재익이 형은 말

없이 엄지를 치켜들었다.

다음은 유아름 차례.

"다들 저 체력 약하다고 걱정들 많이 하시는데……."

약간 비장함이 감도는 목소리였다.

"보여줄게요. 제가 얼마나 강해졌는지. 꺄아! 감독님 말씀
잘 듣겠습니다."

그리고 양손을 번쩍 들며 꺄르르 거렸다.

스텝들의 얼굴이 동시에 헤벌쭉하게 변했고, 감독님마저 아
빠 미소로 흐뭇하게 고개를 끄덕이셨다.

엄청난 비타민이 들어온 것은 확실하다.

나는 주머니에서 봉투를 꺼내, 돼지 머리 옆에 올리며 다시
말했다.

"열심히 하겠습니다!"

또다시 박수가 터져 나왔다.

나와 유아름이 앞에서 빠져나오고, 이어서 조연들의 인사
가 이어졌다.

하지만 사람들의 시선은 여전히 나와 유아름에게 향해 있
었다.

오채연 기자가 내게 슬쩍 다가와 말했다.

"오늘 멋진데요."

고사가 끝난 뒤, 간단한 술상이 펼쳐졌다. 물론, 촬영에 지장

을 주지 않는 선에서 막걸리 몇 모금을 마시는 것이 전부였다.

"딱, 한 잔만 더 할까요?"

하지만 따끈따끈한 수육과 좋은 사람들 곁에 있다 보면 소주가 없다는 것이 아쉬워질 정도다.

술을 못하는 편은 아니기에, 기꺼이 받아마셨다.

"근데 재희 씨는 나이가 어떻게 되요?"

"아, 올해 스물아홉입니다."

"이야. 청춘이네."

촬영 감독님이 내게 관심을 보여 왔고, 대화 몇 마디를 주고받았다.

호의적이다.

"술도 잘 마시나 봐요? 재희 씨, 아직 촬영 널널할 때 조만간 술 한잔해요."

"술? 저는요?"

촬영장의 헤드급 스텝들이 전부 내 주위로 몰려들었다.

〈숨 닿을 거리〉의 주인공 '무명'이 함께 일할 사람들에게 공고히 각인되는 순간이다.

"술 좋죠. 저는 소주 좋아합니다. 하하."

발언권, 영향력. 이제껏 가져보지 못한 이 무언가가 내 콧대를 높여 주었다.

자리가 사람을 만든다. 하지만 MKC 직원들에게 인간 도재희의 이미지가 자리 잡는 시기였고, 나는 신인의 자세와 최대한 싹싹한 얼굴로 사람들을 대했다.

고작 이 자리에 취해 버리기에는 올라가야 할 목표가 너무 높기 때문이다.

"그나저나 이번에 영화도 찍었다면서요? 한만희 감독 신작. 요즘 인터넷에서 아주 핫하다고 하던데."

"아, 네. 추석 즈음에 개봉할 것 같습니다."

"이야, 나도 소싯적에는 영화 좀 했거든요. 단편이지만. 큭큭. 이번에 드라마 잘 되고, 영화도 잘 되면 올 한해 제대로 크시겠네."

일종의 기분 좋아지라고 하는 의미의 덕담이지만, 뭐, 사실이기도 하다.

〈숨 닿을 거리〉의 방영 시기는 〈피셔〉의 개봉과 맞물리도록 일부러 설계되어 있으니까.

일종의 연쇄 폭탄이지. 하나가 터지고, 또 하나가 터지고. 종국에는 걷잡을 수 없이 폭발하는 폭탄. 그리고 나는 지금 그 폭탄의 발화점 위에 서 있다.

성냥개비 하나를 들고.

"아이고! 어쨌든, 이번 작품. 참, 잘 되었으면 좋겠네요. 제작사가 전작에서는 합평회로 외국도 보내줬다는데. 나도 빨리 한 번 가보게, 응?"

"이야! 발리 좋죠. 재희 씨, 잘 좀 부탁합니다."

드라마의 성공을 바라는 건, 나 역시 마찬가지다.

"KTN에 〈계약 동거〉 1회 시청률 상당하던데. 저희 첫방 예정 시기가 너무 안 좋은 거 아닌가 모르겠네요."

물론, 시작하기 전부터 나타나는 이런 부정적인 의견들도 있지만, 이 싸움의 결정적인 구심점이 되어줄 사람은 나와 유아름. 유아름이 잔을 들고 슬그머니 끼어들며 말했다.

"에이, 상대 안 돼요."

"네?"

"저희가 이긴다고요."

유아름이 씨익 웃으며 입꼬리를 올리더니 그리고 파! 하고 크게 웃음을 터뜨리며 말했다.

"대본이 좋잖아요? 정 작가님 만세!"

"……."

아무래도, 조금 취해 보이는 것은 기분 탓이겠지?

어쨌든, 유아름의 말에 격하게 동의한다.

"저희 작품도 좋으니까…… 충분히 승산 있으리라고 생각합니다."

질 거라고 생각하지는 않는다.

아니, 이겨야지. 반드시!

이성균 PD도 어리숙한 얼굴로 자신감을 내비쳤다.

"아름 씨와…… 우리 재희 씨를 믿습니다."

그렇게 신호탄을 쏘아 올렸다. 이 신호탄이 향하는 방향은 하나다.

정상!

그리고 쏘아 올린 신호탄에 탄력이라도 받듯, 2017년 치열하게 설계해두었던 이 연쇄 폭탄이 터지기 시작했다.

시청률은 고작 숫자 싸움에 불과하지만, 그 숫자 놀이가 주는 영향력은 적지 않다. 여기 모인 다수의 사람들이 그 숫자 하나에 정체성과 가치가 판가름나기 때문이다.

8주라는 이 기나긴 숫자 싸움의 스타트 라인에서 가장 중요한 것은, 아마도 칼을 처음 뽑았을 때의 기백이겠지.

"걱정 마세요. 기사는 항상 최상의 컨디션으로, 가장 노출이 많은 시간대에, 키워드는? 무조건 자극적으로."

오채연 기자는 이 싸움터에서 일종의 파발(擺撥)이다. 누구보다 빠르게 달려 나가, 사람들에게 소식을 전한다. 그리고 그녀가 전한 이 기백은, 제법 재미난 키워드로 사람들에게 퍼져 나가기 시작했다.

[남녀를 대표하는 젊은 연기 고수들의 전쟁! 〈숨 닿을 거리〉 촬영 비하인드 컷.]

[도재희, "이제껏 했던 작품 중 가장 복잡한 캐릭터. 하지만 자신 있다."]

[남심 저격 유아름, "장기전도 문제없다." 공언!]

[〈숨 닿을 거리〉 MKC 공모전의 여왕 정이연, "좋은 작품으로 인사 드리고파."]

이는 도파민과도 같다. 내게도, 유아름에게도, 정이연 작가에게도. 또 매사에 소극적이던 이성균 PD에게도 모두 마찬가지다.

"자! 오늘 촬영 마지막 신입니다. 정신 바짝 차립시다!"

1, 2화 촬영 내내 기분 좋은 자극이 되었다.

그리고 또 한 가지.

"오늘 촬영 끝나면 제가 아이스크림 쏘겠습니다!"

특유의 비타민 역할을 하는 유아름 덕분에 분위기는 활기찼다. 여전히 누가 쫓아오기라도 하듯 치열하고 바쁜 현장이지만 〈청춘 열차〉를 할 때와는 조금 다른 느낌이다.

내 촬영 분량은 훨씬 더 늘어났지만, 오히려 피곤하지 않다. 힘들기로 소문난 드라마라도, 누구와 하느냐가 가장 중요한 것일까.

"재희 선배님. 차에 타실게요."

"아, 네."

아니면, 주연이라는 자리가 주는 희열 때문일까.

화요일 자정 12시 마지막 신.

서강대교 북단 뒤에 위치한 한적한 상수동 사거리에서 촬영된 렉카 신. 야심한 새벽, 차를 몰고 가다 극심한 두통을 호소하며 자리에서 멈춰서는 장면을 촬영 중이다.

나는 렉카 위의 검은 승용차 운전석에 올랐다.

연출부가 무전기 한 대를 차에 넣어주었고, 보조석에는 조명팀 한 명이 구겨지듯 의자 아래로 기어들어 갔다.

잠시 숨을 고르고 있으니, 무전기에서 야외 조연출의 목소리가 들려왔다.

-재희 씨, 잘 들리십니까?

"네."

그러자 헤드셋을 쓰고 있던 스크립터가 오케이 사인을 보내었고, 조연출이 출발 사인을 보냈다.

-그럼 출발하겠습니다.

출발 신호와 함께 렉카가 움직이기 시작했고, 나는 운전대에 손을 올리고 큐 사인을 기다렸다.

-지금 신호등 좋습니다. 바로 갈게요. 하나, 둘, 셋, 큐!

주변이 삽시간에 고요해지는 이 짧은 순간.

나는 눈빛을 바꾸며, 한순간에 몰입했다.

도재희에서 무명으로.

한쪽 눈이 자꾸 신경질적으로 감긴다. 왼쪽 눈썹이 간질간질거리고, 주변을 둘러보니 메모장으로 쓸 만한 것이 없다.

내가 지금 가고 있는 곳, 오늘은 반드시 집에서 자야 하는데. 영화 메멘토의 주인공처럼, 나는 신체에 메모를 남기고 싶은 욕구를 애써 눌렀다.

'집으로 가라고 말해 줘.'

속으로 말했다.

'지금을 기억해야 하는데.'

하지만 이 빌어먹을 간질거림은 어느새 불쑥 찾아오는 불청객과도 같다.

왼쪽 눈썹이 간질거린다는 것은 내 안에 숨어 있는 또 다른 자아가 방문한다는 의미이고, 지금 나는 정체를 알 수 없는 또 다른 나의 노크를 받고 있다.

일단, 차를 멈춰야 할까.

하지만 저기 골목길만 돌면 집인데, 조금만 참아볼까 싶기도 하고.

하지만 눈썹이 간질거리는 것이 심상치 않다. 나는 미간을 찡그리며 신경질적으로 왼쪽을 벅벅 긁었다.

벅벅벅벅.

덥수룩한 머리카락이 흔들리며 신경질적인 지금 내 기분을 말해준다. 그리고 불쑥 찾아오는 통증에 신음했다.

"윽."

일단, 멈춰야겠다.

하지만 고통은 부지불식간에 커졌다.

빠아아아아아앙!

한적한 도로에 시끄러운 경적을 울리며 차량이 급회전했다. 황급히 브레이크를 밟고, 도로 중앙에 90도로 꺾인 상태로 차량을 멈췄지만, 심장을 옥죄어 오는 이 고통은 가시질 않는다.

"허억, 헉……."

고통에 몸부림치며 고개를 핸들에 처박았다.

픽, 픽, 픽, 픽!

하지만 여전히 통증은 가시질 않았고, 나는 보조석 쪽으로 쓰러지며 소리쳤다.

"이런 xx!"

사이드 미러 뒤로는 멈춰 서서 시끄럽게 경적을 울리고 지나가는 차량이 보인다.

시간을 확인했다. 밤 00시 59분.

"하……."

이젠, 자포자기다. 힘이 잔뜩 들어간 눈이 풀리기 시작한다. 사나운 들개에서 온순한 양으로 변한다.

나는 어느새 정이연 작가가 한 땀 한 땀 빚어낸 일곱 개의 자아 중 또 다른 자아로 어느새 변해 있었다.

눈에 가득 차 있던 독기가 죄다 빠지고, 아무것도 모르는 순수한 얼굴로 주변을 두리번거리며 차 문을 열고 밖으로 빠져나왔다. 그리고 대뜸 인도를 향해 뛰기 시작했다.

얼굴은 무명이지만, 분위기가 다르다.

어딘가 처연해 보이는 얼굴에, 입술은 삐죽삐죽.

내가 중얼거렸다.

"……놀고 싶어."

그리고 마치 어린아이처럼 뛰어가기 시작했다.

나와 함께 달리던 카메라가 그 자리에 멈춰 서고, 타이트 바스트로 받아내는 내 얼굴이 점점 커지더니 어느새 화면 가득 찬 내 눈빛이 화면을 가득 메운다.

그 다음 곧바로 붙은 컷은 잔뜩 치켜뜬 내 동공 인서트와 의사의 라이트 불빛, 그리고 '의사 1'의 대사.

-검사 결과로는, 특별한 이상은 없어 보이네요.

MKC 〈숨 닿을 거리〉의 첫 방송이 시작되었다. 그리고 나는 첫 방송을 가족과 시청했다.

TV에 흘러나오는 내 모습을 보는 것은 여전히 낯설다.

저 장면을 찍을 때 옆에 카메라 스텝이 넘어지며 렌즈를 깨 먹을 뻔했고, 연출부가 큐 사인을 언제 주었으며, 오디오 실수로 세 번을 다시 찍었다는 등 별의별 생각이 함께 동반되었기 때문이다.

하지만 아버지와 어머니는 달랐다.

'무조건 MKC야! 숨 닿을 거리' 응, 수목 열 시!'

방송 시작 전부터 호들갑을 떠시던 어머니는 드라마가 시작된 이후에는 한 말씀 하시고 입을 꾹 다물고 집중하셨다.

"이제부터 조용!"

〈청춘 열차〉 때, 호들갑과 함께 장면 하나하나마다 리액션을 하시며 이것저것 물어오시던 것과는 사뭇 다른 반응이다.

그건 아버지도 마찬가지다. 〈청춘 열차〉가 완결까지 모두 챙겨본 최초의 드라마인 아버지는, 불평불만 하나 없이 눈을 빛내며 드라마에 몰입하셨다.

하지만 아주 가끔 나를 힐끔힐끔 쳐다보고는 하셨는데.

"······왜요?"

하고 물으면.

"크흠."

멋쩍은 듯 고개를 내저으며 다시 TV로 시선을 던지셨다. 괜히 부자겠는가. 척 보면 안다.

'네가 왜 여기 있어?'

이런 내 모습이 여전히 신기하신 모양이었다.

-주민등록증에 이름 나와 있잖아요. '한승현.' 그런데 왜 '무명'이라고 불러요?

-제가 제 이름을 기억하는 시간은, 하루의 7분의 1밖에 되질 않으니까요.

-잠시만 저 봐보세요.

내가 고개를 돌렸다. 의사 가운을 입고 병원 인근 벤치에서 유아름이 나를 빤히 바라보았다. 그리고 피식 웃으며 말했다.

-거짓말하는 것 같아 보이진 않는데. 해리 정체성 장애. 그거, 진짜예요? 검사 결과는 이상 없다고 나오는데.

내가 자조적인 목소리로 말한다.

-믿기 싫으면 말아요.

유아름이 나를 의심스러운 눈으로 바라본다. 그리고 나도 유아름을 바라본다. 두 사람의 시선이 스쳐 지나가고, 아름답게 끝나야 할 1회 엔딩 신에 급격한 이변이 일어난다.

─……아.

나는 난데없이 왼쪽 눈썹을 긁적거렸다. 또 예고 없이 방문자가 나타난다는 징조에 황급히 고개를 숙이며 자리에서 일어났다.

-그만 가보겠습니다.
-이봐요, 괜찮아요?

너무 놀란 유아름이 자리에서 벌떡 일어나 쫓아오려다 멈춰 선다. 그리고 두 손으로 입을 막으며 내 이름을 부른다.

-승현 씨!

나는 발작하듯 고개를 떨었다. 심각한 폐소공포증이라도 앓는 듯, 새우처럼 몸을 굽히며 파르르르 떨며, '이런 모습 남에게 보여주면 안 되는데'라고 말하는 눈빛의 나와 걱정스러운 유아름의 눈빛, 두 사람의 바스트가 교차 편집되고 1화는 끝이 났다.

엔딩 음악과 함께 다음 화 예고가 흘러나왔지만, 어머니의 시선은 돌아가지 않았다. 멍하니 시선을 TV에 고정하신 채 앞만 바라보셨다.

그때, 아버지가 침묵을 깨며 말씀하셨다.

"……재미있구나."

진심이 느껴지는 말이었다.

일단, 아버지에게는 합격.

하지만 어머니 쪽은 조금 의외였다.

어머니가 눈을 비비적거리셨다.

"……."

처음에는 뭔가 싶었지만, 눈물을 훔치고 계셨다.

나는 그 모습을 멍하니 바라보았다.

항상 푼수 같은 모습만 보았었기에 이런 반응이 나올 것이라고는 도무지 예상하지 못했기 때문이다.

"여보."

소파에서 몸을 일으키신 아버지가 어머니 옆에 앉으셨고, 어머니는 한참을 말없이 눈을 비비시다 내게 물으셨다.

"그래서, 다음 화는 어떻게 되는데?"

"……예?"

"말 안 해줄 거지? 흥. 그럼 내일까지 기다려야지 뭐."

그리고 귀엽게 투덜거리며 자리에서 일어나, 안방으로 들어가셨다. 그 뒷모습을 바라보며, 어머니답다는 생각과 함께 왠지 모르게 참 예뻐 보인다는 생각을 했다.

"네 엄마가 완전 감동한 모양이다."

아버지도 별다른 말없이 내 등을 두드리시며 안방으로 들어가셨다.

나는 그 자리에서 멍하니, TV를 바라보았다.

수요일 밤 11시 20분이 되자 TV에서는 MKC 연예 정보 프로그램이 시작했다.

-'숨 닿을 거리' 완벽 분석! 오늘은 제작발표회에서 배우들을 만나보았습니다.

〈숨 닿을 거리〉 제작발표회 현장이 흘러나오고 있었다.

-이제껏 한국에서 보기 힘들었던 장르의 드라마입니다. 열심히 준비하고 있으니, 많은 사랑 부탁드립니다.

야심한 밤, 홀로 쇼파에 기대 앉아 TV를 멍하니 보고 있을 때, 띠링! 문자가 도착했다.

-이문성 : 드라마 재밌더라.

문성이 형이었다. 그런데 비단 이 문자뿐만이 아니었다.

알림음을 꺼두었던 조모임의 단체 채팅방이나 〈숨 닿을 거리〉의 배우들 단체 채팅방은 실시간으로 문자가 올라오고 있었다.

-지금 트위터 난리 났어요. 반응 엄청 뜨거운데요?
-댓글 수는 일단 〈계약 동거〉 5화 압살했는데?
-실시간 반응 이렇게 좋아도 되나.

"……아, 맞다."

시청자 반응을 모니터한다는 것을 잠시 잊고 있었다.

동료 배우들이 올린 링크를 타고 들어가서 댓글들을 찬찬히 살펴보았다. 실시간으로 올라오는 기사는 이 시청률 싸움을 더욱더 부추기는 자극적인 기사들뿐이었다.

[남주보다 화려한 여주 라인업! 수목드라마는 여성시대!]
[누구보다 압도적이다. 2018년 최고 루키 '도재희' 단독!]
[여름 분기 미니시리즈 시청률 전쟁! 개봉박두!]

[〈계약 동거〉 평균 시청률 12% 〈숨 닿을 거리〉가 밀어낼까?]

[〈계약 동거〉 시청률 1위 유지할까? 아니면, 대이변?]

이런저런 온갖 추측을 다 모아놓은 기사와는 다르게, 일반 시청자들의 의견은 하나로 귀결되었다.

〈숨 닿을 거리〉의 가장 큰 강점으로 뽑힌 공통된 의견.

'몰입감.'

부족한 연기력으로 몰입하던 것이 깨지는 경험은 누구나 있을 것이다.

그런 거슬리는 장면 없이, 물 흐르듯 이어지는 몰입감, 그리고 생소한 판타지 장르를 아무런 불편함 없이 몰입하게 하는 배우들의 연기에 대한 칭찬이 많았다.

-dbfywjsghks : 도졌다리! 도재희 포텐 터졌다리!

-goTtmqslek : 도재희 눈빛 봤음? ㄷㄷ 영화 보는 줄.

-aksgdms : 내일까지 어떻게 기다리지?

-tkfkd : 오늘부터 나 도재희 팬이다. 팬클럽 만들 거임.

-gowntpdy : 유아름은 생각보다 심심했음. 그냥 딱, 유아름이 잘할 수 있는 역할. 딱 그 정도. 상상 이상의 압도는 오히려 도재희다. 걔 신인 맞냐? 지려 버렸다.

-Thanks88 : 유아름 보러 갔다가, 남주한테 반했네. ㄷㄷ

요즘 흔한 상업 드라마에서 보기 힘든 독특한 캐릭터와 정이연 작가만의 감성적인 대사. 때 묻지 않은 신인 작가만이 구현할 수 있는 번뜩이는 작품성도 함께 주목받았다.

그뿐만이 아니다.

지난 2주 동안 수요일 목요일 10시부터 11시를 점령하다시피 했던 〈계약 동거〉의 실검 순위는.

1. 숨 닿을 거리
2. 도재희
3. 계약 동거
4. 유아름
…….

〈숨 닿을 거리〉와 내가 차지했다.

-재익이 형 : '숨 닿을 거리' 실검 1위! 도재희 곧 1위!
-영미 씨 : 오오!

회사, 친구, 하다못해 연락 끊긴 동창들까지, 휴대전화가 쉴 틈 없이 울린다.

아침 7시 30분.

대부분의 사람들이 출근 준비로 바쁜 시간에, 종로구 사직
동의 어느 고급 한옥 앞에 사람들이 잔뜩 모였다. 비단 거기서
그치지 않고, 폭죽처럼 샴페인이 터지고 술잔이 오갔다.

뻥!

"워후!"

"마시자! 얼른 모여!"

"다들 모이겠습니다!"

아침부터 단체로 모여서 무슨 일일까.

모르는 사람들이 본다면 이 시간에 제정신인가 싶을 정도
로 황당한 장면일 테지만, 촬영팀에게는 그저 일일 뿐이다.

"자! 다들 모이셨나요? 그럼 한 잔, 쭉 들이킵시다!"

이 정도는 술도 아니지. 뭐랄까? 음료수도 못 된다.

재익이 형도 잔뜩 신난 얼굴로 사람들 틈에 끼어서 다용도
테이크 아웃 잔에 샴페인을 한껏 들이부었다.

"흐흐흐흐"

아무래도 정말 마실 생각인 것 같은데?

내가 물었다.

"매니저가 술 마셔도 돼요?"

그러자 재익이 형이 장난스럽게 말했다.

"연기해야 할 배우도 마시는데, 매니저는 안 돼?"

뻔뻔한 거야, 뭐야.

"……이거, 맥주보다 도수도 약하다고요. 하지만 형은 운전해야 하는데 그걸 말이라고."

"큭큭, 농담이야. 오늘은 괜찮아. 명길이 불렀어."

"네?"

"나 좀 있다 회사 들어가 봐야 해. 오늘 명길이가 나 대신 너 케어해 줄 거야."

명길 씨라면, 송문교 매니저다.

송문교의 일거리가 없어서 담당 로드인 명길 씨가 한동안 다른 매니저들 땜빵으로 뛴다는 얘기는 들은 적은 있는데, 아무래도 오늘 땜빵은 여기인 모양이다.

"그럼, 마셔도 되지?"

아무렴. 형이 운전대만 안 잡는다면야.

촬영 현장은 시작 전부터 그야말로 축제 분위기였다.

등산을 가기 전에 산 초입에서 마시는 막걸리 한 잔에 기분 좋아 하루 종일 들뜨고는 하지 않던가.

정확한 시청률이 집계되기까지는 시간이 조금 이르지만, 〈계약 동거〉 1회가 끝난 반응과 어제의 반응을 비교해 보았을 때 최소한 〈계약 동거〉 이상의 반응이라는 것을 쉽게 유추해볼 수 있었다.

TV 캐스트에 올라온 하이라이트 조회 수는 압도적으로 높았고, 댓글도 더 많았다. 아니, 여기 모인 사람들은 이미 속으로 다 알고 있었다. 동 시간대 '시청률 1위'는 우리라는 것을.

그렇기에 제작 PD는 아침부터 샴페인 세 병을 터뜨리는 이벤트를 열 수 있었던 것이다.

"시청률 1위, 갑시다!"

이성균 PD의 신나는 외침과 동시에 샴페인을 입에 들이부었다. 그리고 잠시 후, 여름 분기 수목드라마 왕좌의 위치가 바뀌었다.

시청률 순위가 집계되었다.

MKC 〈숨 닿을 거리〉 12.7%

KTN 〈계약 동거〉 11.3%

SBC 〈아빠 맞아요?〉 2.6%

SBC는 최근 유례없는 대실패를 겪으며 밑바닥에서 고전했고, MKC가 미세하게 KTN을 앞질러 갔다.

하지만 순간 최고 시청률에서는 오히려 큰 폭으로 앞섰다.

5화이지만 매화 비슷비슷한 전개로 지지부진한 〈계약 동거〉

와는 다르게, <숨 닿을 거리>는 내가 차량에서 통증을 호소하는 장면에서는 무려 0.8%나 훌쩍 뛰며, 13%를 돌파했다.

[뒤바뀐 수목드라마 주인! 도재희, 진가를 발휘하다!]
[<숨 닿을 거리> 1등 공신! 도재희는 누구?]
[2017년에 데뷔한 혜성 같은 신인! '도졌다 신드롬']

유례를 찾기 힘들 만큼 흔치 않은 경우는 아니다. 드라마라는 것이 배우의 연기력과는 별개로 결국은 대중의 입맛을 얼마나 잘 휘어잡느냐의 싸움이니까.

신인들 위주로 구성된 뻔한 삼류 로맨스가 시청률 20%가 넘기도 하고, 100억을 들이붓고도 시청률 3%를 넘지 못하는 괴작도 있다.

즉, 어떻게 될지 모른다.

하지만 멀쩡히 순항 중이던 드라마의 앞길을 단 1화만에 막아서는 드라마는 실로 흔치 않다.

1화의 초반 시청률은 부진했으나, 시간대별로 계속해서 폭발적으로 상승한 것만 봐도 <숨 닿을 거리>가 시청자의 기대치를 얼마나 충실히 충족시켰는지 확인할 수 있었다.

"대박……!"

유아름은 감격스러운 듯 입을 가리고 벙찐 얼굴로 내게만

들리는 목소리로 속삭였다.

"저, 이제 소문 싹 사라지겠죠?"

'영화용', '드라마 불가능'

그동안 드라마로 히트작을 남기지 못한 유아름, 10% 시청률을 넘겨본 적이 없는 그녀의 입장에서는, 정말 믿기지 않는 성적이 나온 것이다. 물론, 이제 그런 소문들은 거짓말처럼 사라질 것이다.

"네. 물론이죠."

내가 자신 있게 말하자, 유아름이 활짝 웃었다.

"실은, 속으로 정말 초조했거든요. 대본을 믿었지만, 드라마라는 게 워낙 변수가 많으니까……."

유아름은 묻지도 않았는데 내 옆에서 조잘조잘 떠들기 시작했다. 듣고 있자니, 그동안 마음고생을 많이 한 모양이다.

"승희 오빠랑 모임 오빠들이 사실 말렸어요. 긁어 부스럼 만들지 말라고. 이번에도 실패하면, 진짜 낙인찍힌다고."

낙인이 찍힌다고 해서 유아름이라는 배우가 망하지는 않겠지만, 이미지로 먹고사는 배우 입장에서는 장기적으로 치명적일지도 모른다.

굳이 피해도 되는 구설수를 정면으로 들이받아 확정 도장을 스스로 찍어버리는 셈이니까.

하지만 결과적으로 유아름의 감은 옳았다.

유아름이 약간 쑥스러운 듯, 얼굴을 붉히며 말했다.

"오빠 덕분이에요."

"네, 저요?"

"네. 오빠 때문에 이 작품 선택했거든요."

무슨 소리지?

"저 때문에요?"

유아름은 말없이 후후, 웃기만 했다.

나는 재촉하듯 물었다.

"왜요?"

"음⋯⋯."

그러자 유아름은 한참을 고민하더니 손으로 앞머리를 툭툭, 털어내며 말했다.

찰랑찰랑.

"그야 연말에 상 하나 받겠다 싶어서? 베스트 커플상."

"⋯⋯."

응? 이상한 변명인데.

영화 주연 데뷔작으로 청룡영화제와 백상예술대상에서 신인상을 받으며 스타덤에 오른 젊은 여제가 고작 베스트 커플상에 집착한다고?

하지만 나는 더 이상 묻지는 않았다.

유아름이 짓고 있는 저 미소가, 매우 장난스러워 보였기 때문이다.

"그런데, 지금 생각은 조금 바뀌었어요."

"어떻게요?"

"이대로 오빠한테 슬그머니 묻어서, 시청률 쭉쭉 올라가는 거죠! 그럼 혹시 알아요? 최우수상 정도 줄지?"

"……."

나는 떠오르는 말이 없어서 입을 다물고 말을 골라냈다.

유독 묻혀서라는 말이 신경 쓰였다.

그 댓글을 봤을까?

gowntpdy : 유아름은 생각보다 심심했음. 그냥 딱, 유아름이 잘할 수 있는 역할. 딱 그 정도. 상상 이상의 압도는 오히려 도재희다. 걔 신인 맞냐?

생각보다 유아름의 연기는 평범했고, 오히려 내가 캐리했다는 댓글은 모 기사에서는 베스트 댓글로도 올라왔다.

그런 의견들은 생각보다 많았다.

데뷔와 동시에 연기파 배우라는 극찬을 들으며 살아온 여자다. 본인은 엄청 신경 쓰이지 않을까?

도재희와 임주원 싸움이 끝나고 〈숨 닿을 거리〉 자체에 관심이 쏠리게 되면, 자연스럽게 도재희 VS 유아름으로 변해버리니까.

배우들끼리의 기 싸움이야 흔한 바닥 아니던가. 더군다나, 연기파 배우로 쌓아 올린 명성에 조금 상처가 나버렸는데.

하지만 유아름은 그런 것 따윈 관심 없다는 듯 코웃음 치며 말했다.

"으으! 이번 드라마는 그냥 재희 오빠 등에 업혀 가야겠다!"

"……."

그거, 오히려 내가 할 소리 같은데요.

유아름 같은 인지도 괴물에게 이런 얘기를 듣다니, 나도 참 많이 변했구나.

그때, FD가 다가와 말했다.

"아름 씨, 18신 갈게요!"

"앗! 내 차례. 오빠, 나중에 점심 같이 먹어요?"

유아름은 FD를 따라 현장으로 총총거리며 사라졌다.

시간을 보니 내 촬영 신은 아무래도 점심 시간에 애매하게 걸칠 것 같다. 차에서 잠시 쉴까 싶었는데, 재익이 형이 명길 씨를 데리고 내게 다가왔다.

"무슨 얘기했냐?"

나는 콧등을 긁적이며 인사했다.

"그냥 뭐……. 명길 씨, 오셨네요?"

"네! 와, 제 이름을 기억해 주시다니…… 형님도 잘 지내셨죠?"

성은 모르겠다. 그냥 명길 씨. L&K 매니저. 딱 그 정도.

〈청춘 열차〉 이후로는 처음 만났다. 나와 그리 각별한 사이는 아니었지만 송문교에게 깨지는 모습을 옆에서 자주 보았던 터라, 이상하게 반가운 마음이 들었다.

"그런데, 오늘은 어쩐 일이에요?"

내가 묻자, 명길 씨가 힘들다는 듯 고개를 절레절레 흔들며 말했다.

"으휴……. 저 요즘 주인 잃고 떠도는 낙동강 오리 알 신세잖아요. 완전 대타용이죠."

말을 들어보니까, 그동안 꽤 고생했던 것 같다.

송문교의 차기작 작업이 신통치 않았고, 최근에는 송문교와 아예 일 관련 대화도 자주 나누지 않았다고 했다.

그래서 명길 씨는 매니저가 필요한 작품 여기저기에 대타로 돌아다녔고. 오늘은 재익이 형이 회사로 돌아가 처리해야 할 내부 업무가 있으니, 오늘만 도와주기로 했다고 했다.

"아아."

그리고 또 재밌는 소식도 하나 있었다.

"최근에는 〈계약 동거〉 팀에 붙어 있었어요. 주원이 형 담당 매니저 형이…… 병가 내고 좀 오래 쉬고 있거든요."

어라?

그렇다면 최근까지 임주원을 따라다녔다는 말이다.

재익이 형이 말했다.

"아, 그래. 하던 얘기 계속해봐. 주원이가 요새 엄청 히스테리 부린다고?"

"어후, 말도 마세요. 요즘 차에서 완전 폭군이라니까요. 말만 해도 신경질에 신경질. 근데 현장에서는 얼마나 가식적으로 웃는지 얄미워 죽겠다니까요. 어휴……."

그러면서도 명길 씨는 주변을 두리번거리며 입을 막았다.

"형, 주원이 형한테는 비밀로 해주세요."

나는 고개를 끄덕였다.

신경질을 부렸다라……. 알만하다.

하지만 나는 더 말해보라는 듯 물었다.

"왜요? 무슨 안 좋은 일이라도 있었나요?"

이유를 뻔히 알고 있음에도 듣고 싶은 말들이 있다.

전 국민이 다 아는 장희빈을 소재로 한 사극만 몇 개인가. 모르긴 몰라도 세 개는 넘을 것이다. 알면서도 보고 싶고, 알면서도 듣고 싶은 것. 임주원의 현재 상태가 딱 이렇다.

"그게…… 최근 지지부진한 시청률에 스트레스를 받는 것 같기도 하고……."

명길 씨가 말끝을 흐렸다. 그리고 나를 흘깃거리며 말했다.

"실은…… 〈숨 닿을 거리〉 시청률에 엄청 신경 쓰시는 것 같더라고요. 어젯밤에는 〈숨 닿을 거리〉 기사 몇 개 났는지,

댓글 몇 개 달렸는지, 10분마다 물어보시던데……."

역시.

포털 사이트에는 작품마다 일종의 '좋아요'같은 버튼이 있다. TV캐스트 영상을 구독하거나 실시간 댓글을 확인하는 수치인데, 〈숨 닿을 거리〉는 구독하기 3만5천과 1화 팟캐스트 조회 수는 25만을 넘어섰다.

〈계약 동거〉 1화를 훨씬 뛰어넘는 수치다.

얼마나 신경 쓰일까. 아니, 자존심 상해 소리를 바락바락 지를지도 모르겠다.

하지만 나는 속 시원한 미소를 애써 숨겼다.

"주원이 형도 참…… 양쪽 다 잘 되면 좋은 거지……."

명길 씨도 조금 답답했는지 주절주절 말을 늘어놓기 시작했다.

내가 물었다.

"근데, 주원이도 명길 씨가 오늘 여기 온 거 알아요?"

"네. 어제 얘기했죠. 로드 중에 오늘 촬영 없는 팀이 〈계약 동거〉뿐이라, 제가 가야 할 것 같다고."

"아, 내일 그럼 다시 〈계약 동거〉에 붙으시겠네요?"

"네."

그럼, 당연히 나에 대해 물어보겠지.

알만하다.

내게 제비가 소식을 물어왔듯, 명길 씨에게 물어보겠지.

'〈숨 닿을 거리〉 팀, 거기 분위기 어때?'

'도재희가 뭐래?'

그리고 이 제비는, 다리에 쪽지를 묶어 임주원에게 날아가 조잘조잘 떠들겠지.

'재희 형, 샴페인 터뜨리고 난리 났던데요?'

동 시간대 시청률 1위.

그렇게 바라마지않았던, 하지만 조금 예상 가능했던 소식이 들려온 그날 오후에는 내가 전혀 예상하지 못했던 소식도 함께 날아 들어왔다.

촬영 중이라 전화를 받지 못했다. 뒤늦게 부재중 전화와 함께 찍혀 있는 문자를 확인했는데,

-한창 바쁘실 텐데, 죄송합니다. 그동안 잘 지내셨습니까?

발신자는 박진우 연출이었다.

갑자기 왜 연락이 왔을까? 사람 성격상, 실없는 소리는 아니겠지.

나는 바로 전화를 걸었다.

인간관계에서 일곱 다리만 건너면 모두가 아는 사이라고 했던가.

서로 촘촘하게 연결되어 있는 인간관계라는 이름의 그물. 한 명에게 불을 지피면 그 효과가 미미하지만 두 명, 세 명에게 불을 지피면 어떨까. 모르긴 몰라도 일곱 명에게 번지는 들불의 속도는 단순한 배수의 계산법으로만은 예측할 수 없을 것이다. 이렇게 사소한 연쇄 작용은 상상 이상의 큰 폭발력을 갖는다.

자, 영향력은 파도와도 같다고 했다. 지금 파도가 밀려왔고, 잔잔한 파도 몇 번이면 금세 밀물로 가득 찰 것이다.

지금의 내가 그렇다.

박진우 연출과의 통화, 그는 설계된 두 번째 폭탄 심지에 불을 붙였다.

-잘 지내셨죠?

"네. 감독님은 어떻게 지내셨습니까?"

〈양치기 청년〉 촬영이 끝난 지 벌써 두 달 가까이 지났다. 그동안 뭐 하고 지냈냐는 내 질문에 박진우 연출은 껄껄거리며 웃었다.

-지난 두 달 동안, 작품 편집에만 매달렸습니다. 하하!

두 달 내내 똑같은 영상을 돌려보면 얼마나 지겨울지 감히 상상조차 되질 않는다.

일주일만 해도 돌아버릴 것 같은데, 두 달씩이나.

"고생하셨습니다."

하지만 거기에는 그럴만한 이유가 있다고 했다.

-원래는 제 생각대로 적당한 선에서 마무리 지으려고 했는데, 이거 보다 보니 욕심이 생기는 겁니다. 도 배우님이 워낙 연기를 다채롭게 해주셔서 남는 소스가 많았는데, 그래서 이것저것 바꿔보았습니다.

연극을 '배우 예술', 영화를 '감독 예술'이라고 말하는 이유는 바로 '편집의 유무' 때문이다.

예를 들면 이렇다.

'우, 우…… 우리, 여, 영화 보러 갈래?'라는 대사 뒤에 붙을 컷이 여자 주인공의 쑥스럽고 부끄러워하는 얼굴이라면 이 영화는 로맨스가 되지만, 무표정한 여주의 얼굴이 짧게 지나가고, 다음 컷에 당황하는 남자의 얼굴이 붙으면, 이 영상은 코미디가 된다.

고작 컷 하나 차이, 뭐가 먼저 들어가고 늦게 들어가느냐에 따라 장르가 바뀐다.

박진우 연출은 편집이라는 재창조 과정을 통해, 영화의 단점을 최대한으로 보완했다고 말했다.

-아마 보시면 깜짝 놀라실 겁니다. 분위기가 바뀐 장면이 많

이 있습니다. 하하.

기대가 된다. 박진우 연출이라면 잘해냈겠지.

그런데 단순히 이 이야기를 전하려고 전화를 하지는 않았을 것이다.

-요즘, 드라마 많이 바쁘십니까?

묘하게 목소리가 들뜬 것이 분명 좋은 소식이 있을 것 같은데…….

박진우 연출이 말했다.

-직접 만나 뵙고 말씀드리고 싶은데요.

스케줄이 풀로 꽉 차 있던 상태라, 당장 촬영 일자를 조정해 따로 시간을 낼 만큼 상황이 여유롭지는 못했다. 그래서 만남을 차일피일 미루며, 〈숨 닿을 거리〉 촬영에 매진했는데, 그러던 중 기회가 생겼다.

어느새 무더워진 8월의 여름, 남들 다 떠나는 여름 휴가도 제대로 보내지 못하고 촬영에 열중하던 중 비교적 촬영이 일찍 끝난 날, 신촌의 SAFA 건물에서 박진우 연출을 만날 수 있었다.

"아 앗!"

"잘 지내셨죠?"

건물 안으로 들어서는 나를 보고 호들갑을 떠는 분은, 제작 부장을 맡아주셨던 여자 스텝이었다.

내게 팬이라고 말해주었던 1호 여성 팬이자, 시원시원한 성격과 매사 호탕한 웃음을 선보이던 분이다.

"진우 형은 지금 면도하러 갔어요. 곧 올 겁니다."

"면도요?"

"네. 완전 상거지가 따로 없었거든요. 우리 도 배우님 오신다니까 황급히 나갔어요."

"상거지라니?"

그때 익숙한 목소리가 뒤에서 들려왔고, 몸을 돌리자 박진우 연출이 세면 바구니를 들고 껄껄, 웃고 있었다.

세수도 제대로 했는지 말끔한 얼굴이다.

"내가 어딜 봐서 상거지야?"

제작 부장이 피식, 웃었다.

"으으, 이제야 사람 꼴을 하고 왔네. 요 몇 주 동안 아예 편집실에 틀어박혀 살았다니까요."

나는 반가운 마음에 앞으로 다가가 박진우 연출과 악수를 하려다 가볍게 끌어안았다.

"잘 지내셨어요?"

"네! 좋았습니다. 드라마로 뵙다가 실제로 이렇게 뵈니까 또 얼떨떨하네요. 연예인 보는 것처럼."

"3개월 전에 그렇게 매일같이 보셔놓고요?"

"그럼요. 도 배우님은 볼 때마다 새롭습니다. 편집할 때도 느꼈지만, 참 다채로운 느낌이 많아요."

제작 부장님은 못 말리겠다는 얼굴로 말했다.

"진우 형, 도 배우님 팬클럽도 가입할 기세라니까요? 하루 종일 편집실에서 〈양치기 청년〉 편집하다가도 〈숨 닿을 거리〉 방송 시간이면 무조건 본방 시청해요."

"하하, 이거 감사합니다."

역시, 다시 봐도 유쾌한 사람들이다. 이곳을 찾은 목적도 잊을 만큼, 쉼 없이 서로의 근황 이야기가 오갔다.

하지만 이곳에 온 본연의 목적은 따로 있다.

박진우 연출이 내게 물었다.

"도 배우님 스케줄만 괜찮으시다면, 영화를 한번 보고 대화 나누고 싶은데, 괜찮으신가요?"

나는 흔쾌히 고개를 끄덕였다.

"좋습니다."

좁은 편집실에서 박진우 연출과 함께 영화를 감상했다.

삼 개월 전에 찍었지만, 내 머릿속에 또렷하게 자리 잡은 대사들처럼, 파노라마처럼 뇌리에 꽂히는 촬영 당시의 추억들, 그 추억의 한편을 불러오는 과정이었다.

저거 찍을 때는 저랬지, 이 장면은 이랬지.

하지만 어느새, 그런 상념 따위는 모두 잊어버릴 만큼 영화에 몰입해 버렸다. 예상치도 못한 장면에서 실소가 터져 나왔고, 배를 잡고 빵빵 웃을 만큼 우스운 상황도 있었다.

종반에는 주인공 허영탁에게 너무나 빠르게 감정을 이입해 버려 이를 앙다물고 집중하였고, 공포에 몸서리치며 울부짖는 장면에서는 연기할 때와 똑같은 감정을 느끼기도 했다.

변주곡 같다.

허영탁이라는 인물의 심정 변화를 따라 안단테와 아다지오가 마구잡이로 섞여, 보는 내내 눈을 뗄 수가 없다.

그리고 마지막.

상남파에게 실컷 얻어터졌지만, 한 번 덤벼봤다는 것에 의의를 삼으며 패거리들과 함께 다 같이 갈대밭을 질주하는 장면에서는 연기할 때는 느끼지 못했던 어떤 뭉클함을 느꼈다.

"……아."

또, 마지막 엔딩 크레딧 최상단에 올라간 내 이름 석 자.

'허영탁 役(역) 도재희'라는 글자를 볼 때는, 어머니가 왜 〈숨 닿을 거리〉 1회를 보고 우셨는지 알 것도 같았다.

"어떠셨습니까?"

벅차오른다. 너무 벅차올라, 무슨 말을 어떻게 정리해야 할지 모르겠다. 내 영화를 보고 나조차도 감격한 순간에, 그 어떤 화려한 미사여구가 더 필요할까.

나는 내가 느낀 그대로 표현했다.

"감사합니다."

내가 배역의 100을 표현했다면, 박진우 연출은 그 연기를 200% 살려냈다.

〈양치기 청년〉은 기본적으로 변화하는 인물의 감정에 초점을 맞춘다. 처음엔 양치기들의 기행이 다소 가벼워 보이지만, 어느새 주인공과 한마음 한뜻으로 공감하는 일종의 어른을 위한 성장 영화다.

"재밌으셨습니까?"

러닝 타임 110분이 어떻게 흘렀는지 모를 만큼.

"완벽했습니다."

그러자, 박진우 연출이 복잡한 미소를 지어 보였다.

"시원한 맥주가 땡기네요. 갑자기."

그리고 금세 술이라도 있었다면 좋겠다는 장난스러운 표정으로 바뀌더니 말했다.

"그 말을 얼마나 듣고 싶었는지 모릅니다. 특히, 도 배우님께요."

박진우 연출이 말했다.

"기본적으로 저 같은 독립영화 감독은, 배우들에게 미안한 마음을 가집니다. 편집이 잘 안 풀리기라도 하면, 영화가 망하기라도 하면, 배우들에게 영화를 자신 있게 보여주기조차 미안해질 테니까요."

내가 말을 골라냈다. '절대, 미안해하지 마십시오.'

하지만 말을 꺼내기 전에, 박진우 연출이 먼저 말했다.

"제가 더 감사합니다. 이제야 조금 자신감이 생깁니다."

"어떤…… 자신감이요?"

내 질문에 박진우 연출이 말했다.

"저희 영화가 부산국제영화제 뉴 커런츠 경쟁 부분 열 작품 중 하나에 뽑혔습니다."

"……."

나는 너무 놀라 입을 다물었다. 그 순간 머릿속에 전구가 번 뜩인다.

이거였구나! 박진우 연출이 하고 싶었던 말이.

"또 있습니다. 서울 독립영화제 장편 부문에도 경쟁으로 참 가합니다."

부산과 서울, 흔해 빠진 지방영화제가 아니다. 국내에서 제 작되는 수많은 독립 장편 영화 중에서도 손에 꼽히는 수작들 만 참가하는 영광의 전장이다.

박진우 연출은 내게 다짐하듯 말했다.

"도 배우님 덕분에 싸워 이길 자신이 생겼습니다."

"네?"

"처음 만났던 날, 제가 했던 말을 기억하십니까?"

물론이다.

'등에 날개를 달아드리겠습니다.'

'절대 폐를 끼치지 않겠습니다.'

박진우 연출은 나와 처음 만났던 날을 매일 떠올린다고 말했다. 그리고 벌써 국내 유수의 두 영화제에 참가하는 것으로 이를 증명해냈다.

하지만 박진우 연출의 꿈은 이게 다가 아니었다.

"이 두 영화제는 시작일 뿐입니다."

2018년을 국내 영화제로 마무리하고, Festhome을 이용해 몇 달 후에 있을 선댄스 국제영화제와 로테르담 국제영화제에도 투고할 것이라고 했다.

"선댄스 영화제요?"

"네. 독립영화계의 메이저 무대입니다."

"......"

얼개가 맞춰진다. 이 영화가 어떻게 성장해 갈지.

하지만 해외 영화제에 무지한 나로서는, 그 이상의 구역은 상상이 되질 않았다. 하지만 박진우 감독의 꿈은 더 높은 곳에 있었다.

"그리고 다시 국내로 돌아와 전주를 노릴 겁니다."

전주는 비경쟁부문에 초청받아 최대한 많이 상영하며 많은 입소문을 퍼뜨리는 것이 목표. 하지만 여기서 끝이 아니다. 그

다음의 계획은, 수많은 영화제에서 수상한 경력을 바탕으로 제대로 일을 벌이는 것.

그리고 독립영화관에서 개봉하는 것이 아니라.

"단번에 메이저로 갈 겁니다."

상업극장에 정식으로 개봉하는 것이 목표라고 말했다.

"그럼, 2019년 대종상뿐만 아니라 올해의 영화상도 노릴 수 있습니다."

"……."

실로 엄청난 포부가 아닐 수가 없다. 상업적인 가치만을 중시한다는 오명을 뒤집어썼지만, 여전히 국내에서 인지도를 따라올 수 없는 유수의 상들이 몇 가지가 있다.

그러한 영화상은, 일종의 보여주기식으로라도 독립영화 감독과 배우에게 상을 하나씩 부여하고는 하는데, 박진우 감독의 최종 목표는 거기에 있었다.

"저희 작품으로, 전부 다 잡아먹을 겁니다."

2018년을 시작으로 2019년 1년 한 해 동안 독립영화계의 판을 모두 씹어 먹으려는 것이다.

나는 흔한 리액션조차 하지 못하고, 박진우 연출의 말을 경청했다. 그리고 속으로 입을 쩍 벌렸다.

떠오르는 생각은 하나밖에 없었다.

'엄청난 남자다.'

겸손을 바닥에 깔고 있지만, 이 남자가 품고 있는 그릇은 상상 이상으로 크다.

어쩌면 내 능력이 보여준 대본 위에 기재되었던, '[100/100]+a'는 이런 의미일지도 모르겠다.

잠재력, 시너지.

모든 것이 포괄적으로 합쳐지며 폭발해 버린다.

한창 열을 올리며 설명하던 박진우 연출은, 말이 끝나자 쑥스럽다는 듯 머리를 긁적이며 말했다.

"물론 먼저, 국내에서 1차 검증을 끝내는 것이 중요하겠지만요."

일단은, 서울에서 타 독립영화들과의 경쟁에서 승리하는 것. 부산으로 가면 무대가 좀 더 확장된다. 해외 독립영화도 참가하기 때문이다.

처음 내가 박진우 연출에게 느꼈던 확신, 그리고 서로가 주고받았던 믿음, 아직 출발선은 시작하지 않았지만, 그 믿음의 세 배, 네 배가 넘는 선물을 벌써 보상으로 받은 기분이다.

"앞으로가 정말 전쟁터네요."

"네, 반드시 승리해 보이겠습니다."

나는 확신한다.

이 영화, 단단히 사고를 칠 것이라고.

임주원은 수목극에 완벽하게 자리 잡았다. 비록 〈숨 닿을 거리〉에 살짝 못 미치는 시청률이기는 하지만, 충분히 대세 중의 대세라고 부를 수 있을 정도다.

평균 시청률 11%면 다시 보기 서비스가 워낙 활발히 되어 있고, 케이블 드라마 시청률이 6~7%씩 나오는 시대에 아주 훌륭한 성적이다.

"그만하면 잘했다."

L&K 권우철 대표도 그런 임주원을 다독여주었다.

"어쨌든 2주 동안, 시청률 1위 했잖아. 거기다 지금 시청률도 곤두박질이 아니라 평행 유지고. 안 그래?"

이만하면 도재희에 비할 바는 못 되지만, 잘 키워서 제대로 써먹고 있는 셈이다.

하지만 대표와의 독대를 요청한 L&K 대표 효자 배우의 심경은 급격히 요동치고 있었다. 지난해 KTN 연말 시상식에서 남자 신인연기상을 받으며 상 욕심이 다분해진 임주원은 고개를 저었다.

"부족해요."

뭐가 부족하단 말인가.

그러자 권우철 대표 옆에 앉아 있던 기획본부장이 조금 목소리를 딱딱하게 굳히며 말했다.

"……더 이상 뭘 바라? 기자들은 달라는 대로 붙여줬어, 예능도 줄기차게 물어다 줬어, 회사에서 팬클럽이라고 포장해서 밥 차도 불러주고. 이 이상 뭘 더 해야 하는데?"

"제 연기대상은요?"

"……뭐?"

〈계약 동거〉가 2018년 KTN 유일한 히트작인데, 그럼 저 연말에 연기대상 받을 수 있는 거 아닌가요?"

"대상? 연기대상?"

기획본부장이 허탈하다는 듯 말했다.

"야, 주원아. 연기대상이 무슨 동네 체육대회 트로피도 아니고"

"올해에도 상 받아야죠. 그리고 내년에 영화도 찍고……. 영화에서도 주연하고……."

딸깍!

임주원은 불안한 얼굴로 손톱을 물어뜯었다. 습관적으로 손톱이 입술로 향한다.

초조하다. 성공을 맛보는 배우들이 흔히 겪는 일이다.

이 자리에서 추락하지는 않을까. 내 계획은 이러이러한데, 왜 자꾸 제동이 걸리는 걸까. 위에서 왕좌를 떡하니 차지하고 있는 놈들은 내려올 생각을 안 하는데, 왜 밑에서 치고 올라오는 놈들은 이렇게 많은 거지?

임주원이 삐딱한 눈으로 말했다.

"근데, 왜 재희 형은 자꾸 제 앞길에 태클을 거나요? 꼭 의도하기라도 한 것처럼."

오히려 이렇게 맞붙는 게 재미있겠다고 말한 사람이 누군가? 바로 임주원이다.

"허허, 나 참……."

뚜껑이 열리고 시청률이 공개되자, 180도 돌변해 버린 임주원을 바라보며 기획본부장은 황당함에 헛웃음을 지을 뿐이었다.

"일 좀 더 주세요. 올해 저 상 꼭 받아야 해요."

"주원아. 지금도 충분히 좋고, 상에 너무 부담 가지는 건 오히려 독……."

"아니면, 재희 형 일을 줄여주시던가. 그 형 몫까지 제가 더 잘할 수 있어요."

"……뭐?"

둘의 대화를 바라보며 L&K 권우철 대표는 속으로 혀를 찼다.

쯧.

오랫동안 연예계에 몸담으며 이런 상황을 많이 보아왔다.

'왜, 쟤가 나보다 더 잘나가?'

'내가 뭐가 부족해서?'

이 질투심을 견디지 못해 스스로의 목에 단두대를 채우는 연예인들이 있다.

'아쉽네.'

욕심, 시기, 질투……. 이것만 조금 숨기면 참 좋은데. 조금 숨겨서 그걸 동력으로 삼아 에너지로 바꿔내면 몇 년 뒤 크게 대성할지도 모르는데, 오히려 질투심이 화를 불러온다. 이런 건 약도 없다. 힘을 실어 줬다가는 나중에 치우기 힘든 거대한 쓰레기가 되어버릴 테니까.

　권우철 대표는 씁쓸함을 지워내며 입술에 립 밤을 발랐다.

　슥슥.

　'대충, 이 정도 그릇인가.'

　임주원은 될성부른 떡잎이었다. 키가 작은 것이 흠이지만 이십 대 배우 중 재능도, 비주얼도 수위에 속해 있었다.

　'하지만.'

　그런 배우들은 차고 넘친다. 어쩌겠는가?

　임주원의 자리를 탐내는, 아직은 부족하지만 잠룡처럼 웅크리고 있는 잘생기고 연기 잘하는 신인들이 득실거리는데.

　밀림의 왕이 불안해하면, 그 밑에서 호시탐탐 노리는 늑대들이 이빨을 드러낸다. 진짜 상위 0.2%에 드는 배우가 되려면, 욕심을 숨기고 얼굴에 가면을 쓰는 법부터 배워야 한다.

　"할 말 다 끝났어?"

　지금은, 어쨌든 자기 새끼다.

　임주원의 저 꼬라지를 바깥 사람들이 모르게 숨길 일을 생각하면, 벌써 머리가 지끈지끈 아파올 뿐이다.

"아뇨. 대표님 제 말은……."

"네 뜻 알았으니까. 일단 가서 좀 쉬어."

권 대표가 축객령을 내렸다. 그리고 생각했다.

'지랄하고 있네.'

"푸히히히."

실성한 것처럼 미친 듯이 웃기도 하다가.

"……다 집어치워."

세상 다 잃어버린 듯, 연신 비관적이기도 했다.

"지금 쳤냐, 이 새끼야?"

또, 때로는 산전수전 다 겪은 열혈 양아치이기도 했다가.

"나 배고픈데에……."

순식간에 일곱 살짜리 꼬맹이가 되기도 했다.

자살시도 상습범에, 허세 가득한 거만 남, 방구석 백수.

모두 한 사람 이야기다. 해리 정체성 장애를 모티브로 만들어진, 정이연 작가의 판타지 캐릭터, 이 '무명'이라는 캐릭터는, 연일 화제를 불러일으켰다.

일곱 가지 캐릭터를 완벽하게 소화해 낸 연기력, 일곱 가지의 개성 뚜렷한 이미지. 그리고 L&K와 〈숨 닿을 거리〉의 의

상팀이 공들여 디자인한 의상 및 헤어들이 불타나게 팔리기 시작했다.

"이 머리 가능해요?"

"도재희가 입은 옷, 어디서 파나요?"

"〈숨 닿을 거리〉에 나온 도재희 머리띠, 제가 하면 이상할까요?"

일종의 신드롬이었다. 한 사람이 표현하는 이미지가 일곱 가지니, 일곱 배 이상의 효과를 가져왔다. 그리고 확실히 드라마의 효과는 직격타다.

나는 MKC 1층 로비를 지나가다, 1층에 도배된 내 프로모션 사진들을 바라보며 걸음을 멈추었다.

내 개인 포스터 사진만 일곱 버전이었다. 명실상부, MKC 여름 분기 간판 프로그램으로 인정받았다는 반증과도 같다.

"신기하지?"

"네."

"나도 신기하다. 너 무명일 때부터 봤는데, '무명'으로 이렇게 뜰 줄이야."

"……"

그것참 재미있는 개그인걸.

오늘 촬영할 신은 세트 촬영이다. 하지만 파주 세트장에 파출소 세트를 지을 공간이 부족했기에, 급한 대로 지은 곳이

MKC 별관 지하에 위치한 드라마 세트장이라서 이렇게 MKC를 방문한 것이다.

시간을 확인하던 재익이 형이 말했다.

"아직 시간 좀 남았는데, 커피 한 잔 마시고 갈까?"

"좋아요."

로비 1층 카페에서 재익이 형이 커피 두 잔을 주문하는 동안 나는 카페 의자에 앉아 벽에 걸려 있는 내 프로모션 사진에 다시 시선을 고정시켰다.

"……."

기가 막히다.

전광판에서는 〈숨 닿을 거리〉라는 타이틀과 함께 일곱 버전의 사진이 슬라이드 된다. 하루에도 로비를 지나는 수백 명의 사람의 시선이 집중될 수밖에 없는 구조.

스타들이 왜 뜨고 나면 사람이 변하는지 아주 조금은 알 것도 같다.

MKC라는 거대 방송사에서 유동 인원이 가장 많은 1층 로비에 대문짝만하게 자기 사진이 걸리고, TV에서는 자기 이름이 연일 오르내리는데, 허파에 바람이 안 들어가고 배기겠는가.

거기다가 주변의 모든 사람들이 내 쪽으로 시선을 돌리며 한 마디씩 던진다.

"도재희 아냐?"

"맞네! 촬영 왔나 봐."

"사진 찍어도 되냐고 물어볼까?"

〈청춘 열차〉로 뜨뜻미지근하게 얼굴을 알렸던 때와는 사뭇 다르다.

하지만 일종의 결계라도 둘러진 듯, 힐끔거리기만 했지 그누구도 내게 다가오지는 않았다.

그때, 이 결계를 아무런 거리낌 없이 파고 들어오는 사람이 한 명 있었다.

"안녕하세요."

난데없이 들려온 목소리에 고개를 돌리자, 30대 후반 정도로 보이는 웬 젊은 인상의 남자가 나를 바라보고 있었다.

"예? 누구……."

내가 경계심을 보이자, 남자가 한 발 뒤로 물러나며 목에 걸려 있는 MKC 사원증을 들어 보였다.

"아아, 놀라지 마세요. 저는 PD입니다. 예능국 임완영 이라고 합니다."

"……아, 네."

예능국?

"응?"

마침 재익이 형이 다가왔고, 재익이 형은 남자의 목에 걸린 사원증을 보자 곧바로 인사를 건넸다.

"아, 저는 L&K 황재익이라고 합니다. 재희 매니접니다. 그런데 무슨 일로……."

임완영 PD는 미안한 기색을 드러내며 말했다.

"이거, 놀라셨다면 죄송합니다. 점심 먹고 들어오는 길에…… 재희 씨를 딱! 발견해서. 너무 욕심이 나서 그랬습니다."

"욕심이라고 하심은……?"

임완영 PD가 지갑에서 명함 한 장을 꺼내 재익이 형에게 건네며 말했다.

"이건 제 명함입니다. 다시 소개 드리겠습니다. 저는 〈톡톡 TalkTalk 누구세요〉를 연출하고 있는 임완영입니다."

"아…… !"

〈톡톡TalkTalk 누구세요〉, 국내에서는 요즘 흔치 않은 일대 일 토크 프로그램으로, 독특한 전개 방식을 가지고 있다. 흔히 토크 예능이라 함은, 99% 스튜디오 예능을 떠올리지만, 이 프로그램은 야외 예능이다.

스타의 집, 추억이 서린 공간 혹은 자신에게 가장 의미 있는 공간에서 촬영되고, 비교적 진솔한 대화와 특별한 손님 같은 코너 속의 코너를 통해 스타의 인맥도 함께 즐길 수 있다며 호평받는 예능.

나 역시, TV에서 몇 번 본 적 있는 예능이다. 또 일전에 재익이 형이 '예능 몇 개 생각해 둬'라고 말했을 때 머릿속을 스쳐 지나간 예능 중 하나다.

프로그램의 총괄 PD인 임영완이 말했다.

"저희가 꼭 모시고 싶습니다. 재희 씨."

"아, 그게……."

내가 대답을 주저하자, 임영완은 다 안다는 듯 말했다.

"알고 있습니다. 요즘 바쁘신 거. 스케줄은 저희가 조정해 볼 수 있으니, 언제 하루만 시간 내주십시오."

"……아."

졸지에, 캐스팅되어 버렸다.

"그럼, 연락 기다리겠습니다!"

그리고 임영완 PD는 사람 좋은 웃음을 흘리며 사라졌다.

나는 당황스러운 기색을 숨길 수 없었지만, 재익이 형은 진지하게 고민하는 듯 보였다.

"저 프로그램, 이미지에도 나쁘지 않아. 아니 확실히 좋지. 시청률도 준수하고. 무례한 질문도 없을 거고. 오히려 대중들에게 네가 어떤 사람인지 자세히 보여줄 수 있지 않을까?"

갑자기 예능이라니.

"그나저나 PD가 한눈에 알아보고 섭외할 정도면, 요새 확실히 솟아오르긴 한 모양이다."

그런가?

전혀 생각지도 못했다.

··· 10장 ···

추억 속으로 (1)

"예능이요?"

조금 전, 1층 로비에서 있었던 일에 대해 유아름에게 얘기하자, 유아름이 음흉하게 웃어 보였다.

"에이, 오빠 예능 해본 적 없잖아요."

"그렇죠."

"벌써부터 상상되는데요? 엄청 재미없을 것 같은데."

"……."

고오맙다.

"제가 가르쳐 줄게요. 저 이래 봬도 예능 베테랑이거든요. 엣헴."

"……."

예능 베테랑이라. 그것 참 못 미더운데.

어쨌든, 예능에 나가는 목적이라면, 〈피서〉와 〈숨 닿을 거리〉의 홍보다.

지금 8회까지 방송에 나갔으니까. 언제 하루 시간 내서 찍기만 하면, 〈숨 닿을 거리〉 종영 시즌에 맞춰서 내보낼 수 있을 것 같은데.

"그 프로그램 은근히 재밌던데. 저희 모임 중에 곽철 오빠도 나갔었잖아요."

"아, 그래요? 몰랐네."

"네. 추억이 서린 공간을 주제로 했는데…… 처음 연기를 시작했던 고등학교 연극부 찾아갔대요. 반응 괜찮았다던데."

"아아."

"오빠는 한다면 어디에서 하고 싶은데요?"

나는 대답을 망설였다.

그러고 보니 내게도 '특별한' 공간이 필요하겠구나. 혼자 사는 것도 아니니, 집을 공개할 수도 없다.

내 인생에서 가장 많은 추억이 있는 공간……

그런 게 있을 리가 없잖아.

당장에 떠오르는 것은 L&K의 매니지먼트 사무실, 연습실 따위가 고작이다.

나, 참 재미없는 인생을 살아왔구나 싶다.

"……."

하지만 추억은 아니지만, 인생의 계기가 된 공간은 있다.

대학로……. 인생의 결정적인 교훈을 준 공간.

다수의 배우가 그렇듯, 나 역시 대학로에서 꿈을 시작했다. 대학로는 누군가에게는 높이 올라설 발판이지만, 누군가에게는 잊고 싶은 과거이기도 하다.

내가 지금 그렇다. 그 일이 있었던 뒤로 대학로 찾는 것을 의도적으로 피하곤 했으니까.

상업극단 '이루 컴퍼니', 악덕 대표까지.

"모르겠네요."

나는 대답을 회피했다.

스케줄이 너무 바빠서 할지도 안 할지도 모르는데 뭐.

하지만, 결과적으로.

"해주시면 너무 감사하죠. 아니, 오히려 부탁드립니다."

스케줄 조정을 해 줄 테니, 프로그램 홍보를 위해 나가주면 감사하겠다는 이성균 PD의 말에 나는 어색하게 웃어버렸다.

"하하……."

나는 나가겠다고 말하지도 않았는데.

방송국 놈들 다 한편이구나.

확정적인 예능 섭외 전화가 L&K 사무실로 걸려오면서 내 첫 예능 데뷔가 본격적으로 급물살을 타기 시작했다.

예능 〈톡톡TalkTalk 누구세요〉, 파급효과가 제법 큰 MKC 대표 예능 중 하나로 웃겨야 한다는 부담감이 있는 프로그램 도 아니었거니와, 프로그램의 전반적인 포커스가 게스트 1명 에게 집중되는 프로다.

악마의 편집이라던지, 게스트를 공격적으로 표현하는 부분 이 없는 힐링 프로그램이라 예능 데뷔 무대만을 놓고 보았을 때 상당히 괜찮은 편이다.

〈숨 닿을 거리〉의 A팀과 B팀 촬영을 넘나들기하며 촬영 스퍼 트를 올리고 있던 주말 오후, 〈톡톡TalkTalk 누구세요〉의 사 전 미팅을 위해 MKC 7층 예능국을 찾았다.

7층에 위치한 제법 널찍한 사무실의 문을 두드렸다. 그러자 사무실에서 잽싸게 여자 작가 한 명이 밖으로 나오며 인사했다.

"안녕하세요."

그러고는 프로그램 컨셉 상, 미팅 현장을 촬영하고 방영하 니 의상 상태나 헤어를 다듬고 준비되면 작은 B미팅 룸으로 들어오라고 전해주었다.

나는 간단하게 거울을 들여다보고는, 재익이 형과 함께 B미 팅 룸으로 들어섰다.

〈톡톡TalkTalk 누구세요〉 타이틀이 벽에 붙어 있는 테이블 하나가 놓인 좁은 미팅 공간. 테이블에는 임영완 PD와 여자 작가 세 명이 노트북을 펼친 채로 앉아 있었다.

내 바스트를 촬영하기 위한 VJ와 풀샷 전체를 찍고 있는 카메라도 미리 설치되어 있는 상태. 내가 자리에 앉자, 오디오팀 한 명이 입고 온 셔츠에 마이크를 달아주며 곧바로 인사가 시작되었다.

"섭외에 응해주셔서 감사합니다."

"저야말로 감사합니다."

"요즘 워낙 대중들의 관심이 지대한 배우셔서 궁금한 점이 많습니다. 그런데 언론에 드러난 정보는 그리 많지 않아서 미팅이 좀 길어질지도 모르는데, 괜찮으십니까?"

미팅 예정 시간은 대략 2시간 정도.

본격적인 질문에 들어가기 전, 방영 예정 날짜에 대한 이야기가 나왔다. 방영 예정 날짜는 섭외에 수락하는 조건 중 L&K가 가장 신경 썼던 날짜인 9월 16일 일요일. 이 날짜가 이 예능을 수락한 결정적인 이유가 되었다.

9월 16일인 4주차는 〈피서〉의 기자 시사회와 관객 GV가 끝나는 시점이다. 〈피서〉 개봉 사흘 전이고 〈숨 닿을 거리〉 종영이 있는 주다.

"저희 프로그램이 야외 장소를 미리 섭외해서 촬영하는 것은 알고 계시죠?"

"네."

"혹시 생각해 두신 곳이 있으십니까?"

답변을 준비해 왔기 때문에, 주저 없이 대답했다.

"L&K 회사 내 지하 연습실입니다."

하지만 임영완 PD가 연습실이라는 대답에 조금 난처하다는 듯 고개를 저었다.

"회사 연습실이요? 무슨 특별한 이유라도 있으십니까?"

"음."

남들과 이렇다 할 추억을 만들지 못하고 팍팍한 청춘을 보낸 내게 가장 많은 추억이 있는 공간이라면 결국 데뷔 전, 3년여간 굴렀던 그곳이 아니겠는가.

임영완 PD가 말했다.

"정 후보가 없다면, 그곳으로 선정할 수도 있습니다. 하지만, 저희 프로그램이 90분 동안 방영되는데…… 그림이 조금 답답할 수는 있습니다."

임영완 PD가 일전에 방영되었던 인기 걸그룹 플랜엘을 언급하며 말했다.

"사실 일전에 그룹 플랜엘 편에서 추억이 서린 공간을 제일 처음 모인 연습실로 잡긴 했는데, 꽤 고생했습니다. 걸그룹이라는 특수성 때문에 댄스 파트도 따고, 보컬 파트도 따면서 그

럭저럭 넘어가긴 했지만, 남자배우는……."

즉, 연습실 같은 답답한 공간 말고 스토리가 있는 더 다채로운 그림을 원한다는 것이다.

하긴, 전신거울과 요가 매트가 전부인 L&K 연습실에서 보여줄 수 있는 것이 뭐가 있을까, 나도 고민하긴 했다.

내 생각에도 심심할 것 같다.

임영완 PD가 물었다.

"아니면 연극도 하셨던데, 대학로의 극장은 어떻습니까?"

"……."

"배우들, 이런 식으로 촬영 많이 했거든요."

나는 대답에 앞서 잠시 숨을 골랐다.

어떻게 할까. 나 역시 생각해 보지 않은 것은 아니다.

'아름다운 추억'과는 정반대의 경우지만, 이보다 할 이야기가 많은 곳도 당장 없을 듯했다. 또 그때와는 많이 달라졌을 대학로의 모습이라던지, 〈장미 컴퍼니〉의 김표주 대표의 모습도 궁금하기도 했다.

"배우=대학로. 이 공식이 제법 시청자들에게 먹히는 공식입니다. 아무래도 별안간에 성공한 벼락스타보다는, 차근차근히 커리어를 다진 배우들을 신뢰하는 경향도 있고요. 무엇보다 극장이라면 다양한 그림을 따낼 수도 있을 것 같고."

임영완 PD의 구체적인 제안에 내 대답은, 승낙이었다.

"알겠습니다."

"그럼 섭외는 저희가 알아보겠습니다. 아 참, 저희 프로그램의 백미는 '몰래 온 손님'인데요. 혹시 섭외가 가능한 분이 계실까요?"

"네."

적합한 사람이 한 명 떠올랐다.

하지만 '몰래 온 손님'이기에 이 부분만큼은 비밀로 해두기로 했다.

그 뒤로, 본격적인 질의응답이 이어졌다.

내 〈청춘 열차〉 데뷔 과정에 대한 질문이나, 〈숨 닿을 거리〉 캐스팅 비하인드 스토리는 이미 언론에 파다하게 알려진 정보들이다. 이 정보들을 기반으로 하여, 촬영 때 내게 할 질문들에 대한 사전 인터뷰가 진행되었다.

방송용, 비방용.

이 중간에서 아슬아슬한 외줄 타기를 하며 질문 리스트가 채워졌고, 인터뷰는 장장 2시간을 넘어서야 끝이 났다.

"고생하셨습니다. 대본 뽑히는 대로 연락드리겠습니다."

"네, 알겠습니다."

그리고 정확히 이틀 뒤에 완성된 대본을 텍스트 파일로 받아본 나는, 만족스럽게 오케이 했다.

그리고 대학로 대부분 극장이 문을 닫는 월요일로 촬영 날짜가 잡혔다.

"자아! 도착했습니다!"

한때는 국민 MC라고 불렸던 강해철. 국민들의 사랑을 한 몸에 받던 여배우이자, 지금은 스포츠 스타의 부인으로도 유명한 한소미. 개그맨 패널 양찬수.

세 명의 MC가 대학로 길거리를 거닐며 리액션을 펼친다.

"대학로, 젊음의 거리!"

"왜 여기에 왔을까요?"

"오늘 출연자는 실력 있는 연기파 배우임이 확실합니다."

촬영에 들어가기 전에 분명 인사를 나눴음에도, 익살스럽게 모르는 척하는 모습에서 웃음이 나왔다.

나는 VJ 앞에서 이들을 지켜보며 걸었다.

"대학로의 여름입니다. 여러분!"

그나저나, 정말 오랜만이다.

싱그러운 8월 말의 여름. 한때 꿈을 꾸었던 공간, 대학로.

선선한 바람이 조금 그리워지는 지금, 대학로를 떠났던 당시의 여름도 딱 이랬던 것 같다.

이제는 대학로에서도 가장 땅값이 비싸기로 소문난 마로니에 공원 인근의 메인 거리를 걸었다.

비교적 이른 시간의 월요일이라 그런지 지나가는 사람은 많지 않았는데, 촬영팀은 어디서나 주목을 받게 마련이다. 사람들의 시선을 피할 수는 없었다. 그리고 그런 시선들에 조금 익숙해진 나는 시선들을 애써 흘리며 걸었다.

대학로는 크게 두 구역으로 이루어져 있다.

메인 도로 인근에 위치한 상업극단과, 혜화로터리 인근에 자리 잡은 비교적 변두리의 정극극단.

이 구역은 의외로 정확하게 나뉘어 있고, 서로 교류가 거의 없는 두 개의 세력이라고 보면 쉽다.

나는 대학생활 동안 <장미 컴퍼니>라는 상업극단에서 활동했다. 그 결과는, 알다시피 좋지 못했다.

"어, 저기 있네요!"

어느새 도착한 <장미 컴퍼니> 앞.

나는 조금 복잡한 심정으로 건물 앞에 섰다.

"오케이!"

MC 강해철의 외침에 임영완 PD의 컷 사인이 들려왔다.

"극장 정면 인서트 딸게요."

VJ들이 극장 <장미 컴퍼니> 정면 인서트 컷을 따는 동안 임영완 PD가 내게 말했다.

"이제 극장 안 객석에 앉아 계시면 되세요. MC들이 극장으로 들어오며 게스트가 누군지 찾고, 양찬수 씨가 '혹시, 도재희 아냐?'라는 대사를 하면 뒤를 돌아보시면 됩니다."

나는 고개를 끄덕였다.

인터뷰 내용에 대한 대본은 이미 머릿속에 숙지되어 있는 상태니까.

스텝들이 분주하게 극장에 자리를 잡고 촬영 준비를 서두르는 동안, 나는 그 사이를 유유히 지나쳐 극장 안으로 들어왔다.

[장미 소극장]

안 좋은 추억들이 스쳐 지나간다.

나는 눈살을 찌푸리며, 객석 제일 첫 번째 줄 의자에 앉았다. 그 사이 영미 씨가 내게 다가와 분장 수정을 도와주었고, 옷깃을 정리해주었다.

그때, 무대 상수의 분장실에 서 있는 누군가와 눈이 마주쳤다.

"……"

고보 조명 하나만 덩그러니 켜져 있는 어두컴컴한 무대 위였다. 하지만 나는 그가 누군지 한눈에 알아보았다.

상업극단 〈장미 컴퍼니〉의 대표 김표주. 스스로 연극인이라고 포장하지만, 실상은 돈만 밝히는 사업가. 아무것도 모르는 순진한 배우 지망생을 꾀어내 오퍼(스텝)로 부려먹었던 악덕 대표.

내 머릿속에는 여러 가지 안 좋은 이미지만 떠올랐지만 나를 바라보는 그의 시선은 매우 호의적이었다. 의아할 정도로.

"……."

마치 스승의 날을 맞이하여 성공한 제자가 학교를 찾아온 듯한, 제자들 앞에서 어깨가 당당해지는 그런 비슷한 감격마저 느껴졌다.

아마 옛날 일은 까맣게 잊은 모양이다.

김표주 대표가 분장실에서 슬쩍 나오더니 내 쪽으로 시선을 던졌다. 그리고 물었다.

"재희?"

"……."

반가워 보이는 얼굴이지만, 나는 결코 순수한 목적으로 이곳에 방문하지 않았다.

나는 애초부터 그런 인간이다. 케케묵은 감정 다 떨쳐 버리고 좋은 기억만 남기며 살고 싶은 것이 아니라, 내게 남겨진 이 트라우마를 정면으로 마주하고 싶었을 뿐이다.

인기 없는 삼류 아이돌에게 밀리고, 돈 앞에 이용당하며 극단을 뛰쳐나왔을 때, 김표주 대표가 내게 했던 폭언들.

'너 이딴 식으로 해서 대학로에서 살아남을 수 있을 것 같아?'

'이 바닥 얼마나 좁은 줄 알아? 대학로에서 오디션도 못 보게 해주마!'

그래. 인정하자. 나는 보여주고 싶었던 거다.

이 바닥에서 살아남지 못하고 도망친 머저리가 어떻게 돌아왔는지. 그리고 얼마나 잘살고 있는지.

그때, 임영완 PD가 극장 내부로 들어오면서 김표주 대표와 인사를 나누었다.

"아, 대표님. 저는 PD 임영완이라고 합니다. 극장 촬영에 흔쾌히 응해주셔서 감사드립니다."

"아닙니다. 재희가, 저희 극단 출신 배우인데요, 뭘. 당연히 협조해드려야죠. 하하!"

유독 출신이라는 단어를 강조하는 것으로 보아 한두 번 떠들고 다닌 이야기는 아닌 듯했다.

아마도.

'도재희는 내가 키웠어.'

'걔? 옛날에 아무것도 모를 때, 내가 데려다 가르쳤지.'

단단히 착각하고 있구나.

"잠시 재희랑 대화 좀 나눌 시간 괜찮겠습니까?"

"아, 네."

김표주 대표가 내게 다가왔다. 그는 당장 포옹이라도 할 기색이었고, VJ 두 명이 앞으로 달려와 나와 김표주 대표 쪽으로 카메라를 들이밀었다.

좋은 소스를 따고 싶었겠지만, 미안해서 어쩌나.

"재희야?"

김표주 대표가 내게 친근한 얼굴로 물어왔지만, 내 시선은 차갑기만 했다.

내가 자리에서 일어나자, 김표주 대표가 환한 얼굴로 웃어 보였다. 그리고 나를 와락 껴안았다.

"재희야! 이게 얼마 만이냐! 반갑다!"

나는 표정을 딱딱하게 굳히며, 김표주 대표의 귀에 대고 들릴 듯 말 듯, 작은 목소리로 말했다.

"착한 척, 연기 그만 하세요."

"……어, 어?"

"그리고 이 손 치우시고요."

"……."

김표주 대표를 살짝 밀어내고, 미소와 함께 얼굴을 마주했다.

"잘 지내셨어요?"

"……."

네가 좋아서 온 게 아니야. 지금 이렇게 구겨지는 얼굴이 보고 싶어서지.

하지만 정면으로 반박하지는 않을 것이다.

방송이 우선이니까. 싸우려고 온 것이 아니니까.

또, 따지고 보면 복수라는 것이 그리 거창한 것은 아니다. 그리고 막상 이렇게 대표 앞에 앉아 보니, 방송용 멘트와 비방용 멘트 사이에서 고민하는 내가 시시해지기도 한다.

그래. 복수라는 것이 뭐 별건가.

내가 성공한 모습을 보여주는 것.

딱, 이 정도면 좋잖아.

To Be Continued

OTHER VOICES

악마의 음악

WISHBOOKS MODERN FANTASY STORY

경우勁雨 현대 판타지 장편소설

[악마의 목소리가 담긴 음악으로
세상에 행복을 줄 수 있을까?]

지미 헨드릭스부터 라흐마니노프까지
꿈속에서 만나는 역사적 뮤지션!

노래를 사랑하는 소년에게 나타난 악마.
그런 소년에게 내려진 악마들의 축복.

악마의 음악

수많은 악마의 축복 속에서
세상을 향한 소년의 노래가 시작된다.